[日]
川端康成 著

高慧勤 译
林田 绘

伊豆的舞女

湖南文艺出版社

图书在版编目（CIP）数据

伊豆的舞女 /（日）川端康成著；高慧勤译；林田绘. -- 长沙：湖南文艺出版社，2023.1
ISBN 978-7-5726-0761-5

Ⅰ. ①伊… Ⅱ. ①川… ②高… ③林… Ⅲ. ①短篇小说-小说集-日本-现代 Ⅳ. ①I313.45

中国版本图书馆CIP数据核字（2022）第143762号

伊豆的舞女
YIDOU DE WUNÜ

著　者：〔日〕川端康成
译　者：高慧勤
绘　者：林　田
出版人：陈新文
责任编辑：耿会芬
封面设计：Mitaliaume
内文排版：钟灿霞

出版发行：湖南文艺出版社
（长沙市雨花区东二环一段508号 邮编：410014）
网　　址：http://www.hnwy.net
印　　刷：长沙超峰印刷有限公司
经　　销：新华书店
开　　本：880mm×1230mm 1/32
印　　张：6.75　12幅彩色插图
字　　数：95千字
版　　次：2023年1月第1版
印　　次：2023年1月第1次印刷
书　　号：ISBN 978-7-5726-0761-5
定　　价：48.80元

（若有质量问题，请直接与本社出版科联系调换）

目 录
Contents

伊豆的舞女 1

拣骨记 41

脆弱的器皿 49

奔向火海的她 51

殉情 55

化妆 59

石榴 63

红梅 69

秋雨 75

白马 81

重逢 87

日本的美与我
——诺贝尔文学奖授奖仪式上的演说辞 119

附录：川端康成年谱 141

伊豆的舞女

一

山路变成了羊肠小道,眼看就到天城岭了。这时,雨脚紧追着我,从山麓迅猛而至,将茂密的杉林点染得白茫茫一片。

那一年,我二十岁,戴一顶高等学校[1]的学生帽,穿着蓝地碎白花的上衣和裙裤,肩上背着书包。独自在伊豆旅行,已经第四天了。在修善寺温泉过了一夜,

---

[1] 日本战前的高等学校不同于战后的高校,相当于大学预科,一般称为旧制高校。

在汤岛温泉住了两宿，然后，便穿着高齿木屐上了天城山。我虽然迷恋那秋色斑斓的层峦叠嶂、原始森林和深幽溪谷，可是，一个期望却使我心头怦怦直跳，匆匆地赶路。这时，豆大的雨点开始打在身上。我跑着爬上曲折陡峭的山坡。好不容易奔到岭上北口的茶馆，舒了口气，却在门前怔住了。真是天遂人愿。那伙江湖艺人正在里面歇脚。

舞女见我呆立不动，随即让出自己的坐垫，翻过来放在旁边。

我只"啊……"了一声，便坐到上面。因为爬山的喘息和慌乱，连句"谢谢"都哽在喉咙里没说出来。

我与舞女相对而坐，挨得又近，就慌忙从衣袖里掏出香烟。舞女又把女伴面前的烟缸挪到我身旁。我仍旧没有做声。

舞女看上去像有十七岁了。梳了一个大发髻，古色古香，挺特别，我也叫不出名堂。这发型使那张端庄的鹅蛋脸，愈发显得娇小，但很相称，十分秀丽。仿佛旧小说里的绣像少女，云鬓画得格外蓬松丰美。舞女的同伴里，有个四十岁的妇女，两个年轻姑娘，还有一个二十五六岁的男子，穿了一件印有"长冈温泉旅馆"字样的号衣。

此前，舞女一行我曾见过两次。头一次是我来汤岛的路上，他们去修善寺，在汤川桥附近相遇。当时有三个年轻姑娘，舞女提着大鼓。我不时回头张望，萌生了一股天涯羁旅的情怀。后来一次，是到汤岛的第二天晚上，他们来旅馆卖艺。我坐在楼梯中间，聚精会神，看舞女在门口地板上起舞。心想，他们那天在修善寺，今晚在汤岛，明天大概要翻过天城山，南下去汤野温泉吧？天城山路五十多里，准能追得上。就这样，我一路胡思乱想，急匆匆地赶来。为了躲雨，居然在茶馆里不期而遇，不免有些张皇失措。

过一会儿，茶馆老太婆把我让进另一间屋。屋子似乎平时不用，没装拉门。朝下望去，山谷清幽，深不见底。我皮肤起了鸡皮疙瘩，牙齿咯咯作响，浑身打起颤来。就对端茶来的老太婆说："好冷啊！"

"哎哟，敢情少爷身上都淋湿了！快到这边烤烤火吧,把衣裳烤干。"说着,便殷勤地把我领到自家的起居室里。

那屋里生着地炉,一开拉门,热气就扑面而来。我站在门槛上有些迟疑。因炉边有个盘腿坐着的老人,浑身又青又肿,好似溺死的人。一双眼睛连瞳孔都黄得像烂了一样,恹恹无力地望着我。身边的旧信旧纸袋堆积成山,不妨说他人已埋在废纸堆里了。我站在门口,只管怔怔地瞧着这个山中怪物,简直不像是个活人。

"真是丢人现眼,让您见笑……是我老伴,不用担心。虽然怪寒碜的,可他动弹不了,请将就些吧。"老太婆抱歉地说。

据她讲,老人已中风多年,全身瘫痪。那堆纸是各地寄来的信,介绍治中风的方子,以及按方抓药,各地寄药的纸袋。只要是治中风的方子,不管是听翻山越岭的过往旅客说的,还是看报上广告登的,他都一个不漏,各地打听,到处求购。这些信和纸袋,老人一件也不扔,全摆在身边,日夜厮守。经年累月,废纸就堆积成山了。

听她这番话,我无言以答,只是在地炉边上俯首烤火。汽车越过山岭,震得房子直颤。这山上,秋天就这么冷,不久便要盖满白雪,这老人为什么不下山呢?我心里寻思着。我衣服上水汽蒸腾,炉火烤得人头昏脑涨。老太婆到店面去同女艺人她们聊天去了。

"是吗?上回带来的小丫头都这么大了?长成了大闺女,你也得济了。出挑得这么俊!真是女大十八变呀。"

差不多一小时的光景,听动静,那伙艺人像似动身了。我也坐不住了,心里只是干着急,却没勇气站起来。尽管她们一向跋涉惯了,可终究是女人家,我即便落后个两三里,跑上一阵也能追上。心里虽然这样盘算,坐在炉边,却好比热锅上的蚂蚁。不过,舞女她们一旦离开,我反倒没了拘束,竟空想联翩起来。老太婆把他们送走后,我问道:

"那些艺人,今晚住在什么地方呢?"

"那种人,谁知道他们住哪儿呀,少爷!还不是哪儿有客人就住哪儿！哪儿有什么今晚可投奔的去处呢。"

老太婆的口吻甚是轻侮，引得我竟生出这种念头来：既然如此，今晚就叫舞女在我屋里过夜吧。

雨势渐小，峰峦渐明。老太婆虽一再挽留，说是再待上十分钟，就会雨过天晴。可我再也坐不住了。

"老大爷，您多保重啊。天要冷起来了。"我由衷地说道，然后站了起来。老人吃力地动了动发黄的眼珠，微微点了点头。

"少爷！少爷！"老太婆边喊边追出来，"您这么破费，真过意不去呀，太对不住您了。"

于是，抱住我的书包不肯撒手。我几经辞谢，她都不听，说要送我到前边。颠颠儿地跟在后面，走出一百来米，一再念叨那两句话。

"实在不好意思。太怠慢了。我会记住您的模样儿。下次路过再谢您吧。下次可一定要来啊。我决不会忘记您的。"

我只是留下一枚五角银币罢了，她竟大出意外，感激得老泪都快流出来了。我一心想快些追上舞女,而老太婆步履蹒跚,反而误事。终于来到岭上的隧道口。

"谢谢了。老大爷一人在家,请回吧。"见我这样说,老太婆这才放开书包。

走进昏暗的隧道,冰凉的水珠吧嗒吧嗒地滴落下来。前面,有一点小小的亮光,是去往南伊豆的出口。

二

一出隧道口,山路的一侧便竖着一道白漆栏杆,像闪电那样蜿蜒曲折。放眼望去,山脚下好似一个模型,看得见艺人们的身影。走了不到两里路,我追上他们。但又不好马上放慢脚步,便故作冷淡,越过那几个女人。而那男子,一个人走在前面二十来米外,见到我便停下了脚步。

"您脚力真不赖呀……恰好天晴了。"

我松了口气,与他并肩走了起来。他接二连三地向我问这问那。几个女的见我们攀谈，便啪嗒啪嗒从后面跑上前来。

他背着一个大柳条包。四十岁的女人抱着小狗。两个姑娘，大的背着包袱，小的背着柳条包，每人都拿着挺大的行李。舞女则背着大鼓和鼓架。四十岁的女人也渐渐同我搭起话来。

"是高等学校的学生哪。"大姑娘跟舞女悄悄说道。

我一回头，舞女正笑盈盈地说：

"就是嘛！这我也看得出来。学生也到岛上来的呀。"

他们一行是大岛波浮港的人。说是春天离开岛上之后，一直四处卖艺，眼看天气转冷，又没有做过冬的准备，所以，打算在下田待上十来天，然后再从伊东温泉回到岛上。一听说大岛，我更感到有种诗意，便又端详起舞女那头秀发，向他们打听大岛的种种情况。

"来游泳的学生很多，对吧？"舞女对女伴说。

"是在夏天吧？"我回头问道。

舞女慌忙小声回答："冬天也来……"

"冬天也来？"

舞女仍旧看着女伴咻咻地笑。

"冬天也能游泳吗？"我又问了一句，舞女脸上飞红，神情极其认真，微微点了点头。

"真是傻丫头。"四十岁的女人笑道。

去汤野要沿着河津川的溪谷往下走二十多里。一翻过山，连山峦和天色都是一派南国气象。我和那男子不停地交谈，已经十分稔熟了。过了荻乘、梨本这些小村庄，山麓下，便展现出汤野的草屋顶。这时，我打定主意，说要同他们一起去下田玩。他非常高兴。

到了汤野的小客店前，四十岁的女人露出告别的样子，那男子代我说道：

"他说，要跟咱们搭个伴儿呢。"

"那可不敢当。不过，'出外靠旅伴，处世讲人情'。就算我们这种下贱的人，也能给您解解闷儿。就请上来歇歇脚吧。"她不在意地答道。姑娘们一齐望着我，并没有大惊小怪，只是一声不响，有点忸怩。

我和他们一起上了客栈的二楼，放下行李。席子和隔扇又旧又脏。舞女从楼下端来了茶水。在我面前刚坐下,就羞红了脸,哆嗦着手,茶杯差点从茶托上滑下来,她就势放到席子上,茶水全洒了出来。见她那不胜娇羞的样子,我一下愣住了。

"哎哟,好丢人!这丫头懂得害羞了。啧啧……"四十岁的女人显得十分惊讶,蹙起眉头,把手巾扔了过去。舞女拾起来,拘谨地擦着席子。

这意外的话,使我猛醒。在山上被老太婆挑起的妄念,扑哧一下,断了。

这工夫,四十岁的女人眼睛不住地打量我,忽然说道:

"您这件蓝地碎白花的衣裳真不错呢。"还盯住身旁的姑娘一再问:

"他这件碎白花的花纹,跟民次那件一样哩。你说,是不是?花纹一不一样?"然后对我说道:

"我有个上学的孩子留在老家,这会儿想起那孩子来了。少爷穿的,跟他的那件碎白花的一色一样。近来蓝地碎白花布贵得很,真要命。"

"他上什么学校?"

"普小五年级。"

"噢,都上五年级了,那……"

"上的还是甲府的学校哪。我们一直住在大岛,老家可是甲斐的甲府。"

歇了一个来小时,那男子把我领到一家温泉旅馆。本来,我只想能和他们同住一家小客店里。我们从街上朝下走了一百来米的石子路和石头台阶,然后,渡过河畔公共浴场旁的小桥。桥对面便是家温泉旅馆。

我在旅馆的室内温泉洗澡,随后那男子也进来了。他说,他快二十四了,妻子怀过两次孕,一次流产,一次早产,两个孩子都死了。见他穿着长冈温泉的号衣,我起先以为他是长冈人。从长相和谈吐来看,也挺有见识。所以我曾猜想,他或者是好事,或者是迷上了卖艺的姑娘,才给她们背行李一路跟了来。

洗完澡,立刻吃午饭。早晨八点离开的汤岛,这时已快三点了。

临走,他在院子里仰头望着我,与我告别。

"拿这个买些柿子吃吧。从楼上扔下去,失礼啦。"说着,我把包好的钱扔下去。他推谢,想走掉,见纸包落在院子里,便踅回来捡了起来。

"这么着可不行。"说着便抛了上来,钱落在茅屋顶上。我又扔了一次,他才拿走。

黄昏时分,大雨倾盆。群山已分不出远近,茫茫苍苍一片白。前面的小河,眼看变得又黄又浑,水声喧腾。这么大的雨,舞女她们恐怕是不会来卖艺了。我心里尽管这样想,却仍是坐立不安,就几次三番地去洗澡。屋里半明不暗的。与隔壁相邻的隔扇上面,开了一个方洞,电灯就吊在横梁上,两室共用一盏灯。

"咚,咚,咚咚……"暴雨声中,远处隐约响起了鼓声。我打开挡雨板,那劲头都能把门抓破,我探出身去。鼓声越来越近了。风雨吹打着我的头。我闭上眼睛,侧耳凝听,想弄清鼓声究竟来自何处,又如何传到这里。少顷,又传来了三弦声。听见女人曼声的尖叫,还有热闹的嬉笑。于是,我明白了,艺人们是给叫到小客店对面饭馆的酒宴上了。听得出来,声音里,有两三个女的,夹杂着三四个男的。等那边结束了,该会转到这里来吧?我这么盼望着。然而,酒宴已不只是热闹,简直近于胡闹了。女人刺耳的尖叫宛如闪电,时时划过黑暗的夜空。我的神经绷得紧紧的,一直敞着门,动也不动地闷坐着。每次听见鼓声起,心头便赫然一亮。

"啊,舞女还在酒宴上。正坐着敲鼓哪。"

鼓声一停,我就受不了。身心仿佛已沉没于暴雨声中。

过了一会儿,也不知是追着玩儿呢,还是转着圈跳舞,响起一阵凌乱的脚步声。随后,一切寂然。我张大眼睛,想透过黑暗,看个究竟,这寂静意味着什么。我心中烦忧,今晚舞女会不会遭人玷污呢?

我关上挡雨板,钻进被窝,可心里依然痛苦不安。于是,又去洗澡。狂乱地搅动温泉水。这时,暴雨初霁,明月当空。雨后的秋夜,澄明似水。我心想,即便溜出浴池,赤脚赶到那里,也无济于事。这会儿,已是夜半两点多了。

三

第二天早晨,才过九点,那男子就到旅馆来了。我刚起床,便约他去洗澡。时值南伊豆的小阳春天气,长空一碧,明媚已极。浴池的下方,小河涨了水,沐浴在温煦的阳光下。自己也觉得昨夜的烦恼,恍如一场春梦。我向那男子试探地说:

"昨晚好热闹呀,一直闹到很晚吧?"

"哪里。都听见了?"

"当然听见了。"

"都是些本地人。净瞎胡闹,一点意思也没有。"

他一点声色都不露,我只好不再做声。

"对面浴池里,她们几个也来了。你瞧,好像看见咱们了,还笑呢。"

顺着他指的方向,我朝河对面的公共浴场望去。热气蒸腾中,有七八个光着身子的人,若隐若现。

忽然,一个裸女从昏暗的浴池里头跑出来,站在更衣场的尖角处,那姿势就像要纵身跳下河似的,张开两臂，喊着什么。她一丝不挂，连块手巾都没系。她正是那舞女。白净的光身，修长的两腿，像一株幼小的梧桐。望着她，我感到心清似水，深深地吁了口气，不禁笑了起来。她还是个孩子啊。看见我们，竟高兴得赤条条地跑到光天白日里，踮起脚，挺直身子。这真是个孩子啊。我好开心，爽朗地笑个不停。仿佛尘心一洗，头脑也清亮起来。脸上始终笑眯眯的。

舞女那头秀发非常浓密，我当她有十七八了呢。再说，她打扮成大姑娘的样子，以至于我才会有那么大的误会。

我和那男子刚回房间不久，大姑娘就到旅馆的院子来看菊圃。舞女走到桥中间，四十岁的女人恰好从公共浴场出来，望着她俩。舞女一缩肩膀，笑了笑，意思是：会挨骂的，得回去啦。转身赶紧走了。四十岁的女人来到桥前，招呼说：

"请来玩啊。"

"请来玩啊。"

大姑娘也跟着说了一句，几个女的都回去了。那男子一直待到傍晚。

晚上,我正和做纸生意的行商下围棋,忽然听见旅馆院内响起鼓声。我想站起来,便说:

"卖艺的来了。"

"哎,没意思,那玩意儿。来呀,来呀,该你走啦。我下这儿了。"他点着棋盘说,一心只想争个胜负。我却心不在焉,这时,艺人们好像要回去,那男子在院子里向我打招呼:

"晚上好。"

我走到廊下,朝他招招手。艺人们小声商量了一会儿,然后绕进大门。三个姑娘跟在男的身后,挨个寒暄:

"晚上好。"手拄在廊下的地板上,像艺伎那样行礼。棋盘上,我顿时现出败象。

"这下没救了。我认输。"

"没的事。我这棋才糟呢。反正不相上下。"

纸商对艺人连瞧都不瞧,一一数起棋盘上的棋子,然后,下得越发用心。几个女的把大鼓和三弦什么的,都归置到角落里，然后在象棋盘上玩起五子棋来了。这工夫，本来该我赢的棋，却输了。纸商还死乞白赖地说：

"怎么样？再来一盘吧，再来一盘好不好？"

我不置可否地笑笑，纸商只好死心，起身走了。

三个姑娘都凑到围棋盘跟前。

"今晚还要去别处转吗？"

"要去的，不过……"那男的瞅着姑娘们说，"怎么样？今晚就算了，咱们玩会儿吧？"

"太好了！真开心！"

"不会挨骂吗？"

"怎么会呢。再说，没客人，反正是白转悠。"

于是，她们就摆起五子棋来，一直玩到过十二点才走。

舞女回去后，我毫无睡意，脑子十分清醒，便到走廊上喊道：

"老板！老板！"

"来喽……"快六十的老头子，从屋里跑出来，劲头十足地答应着。

"今晚杀他个通宵！下到天亮！"

我也斗志昂扬起来了。

四

我们约好第二天早晨八点从汤野出发。我戴上在公共浴场旁买的鸭舌帽，把高等学校的学生帽塞进书包里，朝着沿街的小客店走去。二楼上的纸拉门大敞着，我不假思索走了上去，艺人他们还睡在被窝里。我不知所措，呆呆地立在走廊上。

舞女就睡在我脚旁的铺上，脸一下红了起来，急忙用手捂住。她和二姑娘睡在一起。昨夜的浓妆还残留在脸上。嘴唇和眼梢微微发红。这副楚楚动人的睡态，深深印在我心上。她像怕晃眼似的手捂着脸，一骨碌翻身出了被窝，坐在走廊上。

"昨晚上多谢啦。"说着，还优雅地鞠了一躬，这倒叫我站在那里很尴尬。

那男子和大姑娘同睡一个铺盖。没看见这情景之前,我压根儿不知道他俩还是夫妻。

"真对不住您哪。本来打算今天走,可晚上有个饭局,准备再待一天。您要是非今天走不可,那就下田再见吧。我们订的客店是甲州屋,一打听就知道。"四十岁的女人从铺上欠起身子说。我感觉好像被人甩了似的。

"明天走不行吗?妈非要再拖一天不可。路上还是有个伴儿的好。明天一起走吧。"那男子说。四十岁的女人便又补充道:

"就这么着吧。您巴巴儿地跟我们做伴,我们却只顾自己,太对不住您了……明天就是下刀子也得走。后天是我们那个死在路上的小女孩的七七。早就打算到那天,在下田做七七,尽点心意。我们这么急急忙忙赶路,为的就是要赶在那天之前到下田。这话要说呢,有点失礼,不过,咱们还真有缘分,赶后天就请您也来祭祭吧。"

于是我也推迟一天动身,便下了楼。一边等他们起床,一边在脏兮兮的账房里,同客店的人闲谈。趁着这会儿工夫那男的来邀我去散步。从大街朝南走不远,有座挺漂亮的桥。我们在桥上凭栏而立,他又说起自家的身世来。说他以前在东京,曾一度与那些新派演员混在一起,至今还常在大岛的码头上演戏。有时刀鞘会像脚一样从包袱里支棱出来,是在酒宴上拉架势演戏用的。柳条包里,尽是些服装道具和过日子用的锅碗瓢盆。

"我自误终生,落得穷途潦倒;哥哥倒在甲府继承了家业,兴旺发达。我这个人,唉,成了多余的了。"

"我一直以为你是长冈温泉的人呢。"

"是吗?那个大姑娘是我妻子。比你小一岁,十九啦。半路上,第二个孩子小产,活了一星期就断气了。她身子还没大恢复好。老的是她妈。跳舞的是我亲妹妹。"

"咦?你说有个十四岁的妹妹……"

"就是她呀。唯独这个妹妹,我想来想去,实在不愿叫她干这营生。可其中也有种种苦衷啊。"

然后他告诉我,他名叫荣吉,妻子叫千代子,妹妹叫薰。另一个姑娘叫百合子,十七岁,只有她是大岛人,雇来的。荣吉十分感伤,忍泪凝望着浅水湍流。

回来时,看见舞女已经洗去脂粉,正蹲在路旁抚摸小狗的头。我要回自己的旅馆,便说了句:

"来玩吧。"

"哎。不过,我一个人……"

"跟你哥一起来嘛。"

"马上就去。"

不大会儿工夫,荣吉来了。

"她们呢?"

"因为妈管着她们。"

我们俩刚玩了一会儿五子棋,她们就过了桥,咚咚地跑上楼来。照例先恭恭敬敬地行礼,然后坐在走廊上,迟疑不动,千代子头一个站起身来。

"这是我住的屋子。别客气,请进来吧。"

玩了有一个来小时,他们便到旅馆里的室内温泉

洗澡去了。还一再劝我一起去。因为有三个年轻女人,我就敷衍说,待会儿再去。可是,舞女马上一个人上楼来,给千代子传话,说:

"嫂子说要给您搓背,请您去呢。"

我没去洗澡,和舞女玩起五子棋来。不承想,她倒挺能下。比赛时,荣吉和其他两个女的,我不费吹灰之力就能赢。下五子棋,大抵都不是我的对手,但同她,我得全力以赴才行。无须手下留情,非常痛快。因为屋里只有我们两人,起初她离得老远的,要伸长胳膊才能下子。渐渐地,她忘其所以,专心致志,上身竟遮住了棋盘。那头美得异乎寻常的黑发,简直要碰到我的胸脯。蓦地,她脸一红,说道:

"对不起。要挨骂了。"扔下棋子就跑出去了。姆妈正站在公共浴场前。千代子和百合子也慌慌张张走出澡堂,连楼都没上便逃了回去。

这一天也是从早到晚,荣吉一直在我的住处玩。纯朴亲切的旅馆老板娘劝我说,请那种人吃饭,白糟蹋钱。

晚上,我去小客店,舞女在跟姆妈学三弦。一见到我便停下手来,姆妈说了她,才又抱起三弦。每次歌声稍高一些,姆妈就说:

"不是叫你不要那么大声吗?"

荣吉给叫到对面饭馆二楼的酒席上,不知在吟唱什么。从这边也看得见。

"他唱的什么?"

"那是……谣曲呀。"

"这谣曲,有点怪哩。"

"他是个万金油。谁知他唱的什么!"

这时,有个四十来岁的汉子,打开隔扇,叫姑娘她们过去吃东西。听说他在小客店租了间屋,是个卖鸡肉的。舞女便和百合子拿上筷子到隔壁去,吃他吃剩的鸡肉火锅。回到这屋时,卖鸡肉的轻轻拍了拍舞女的肩膀。姆妈就凶巴巴地板起脸。

"喂!别碰这孩子!她可是个黄花闺女哪。"

舞女却一口一个大叔地喊着,央求他念《水户黄门漫游记》给她听。可是,卖鸡肉的一会儿就走了。

她不好意思直接求我接着念,便不住地跟姆妈嘀咕,似乎要姆妈开口求我。我怀着一个期望,拿起了话本。果然,舞女痛痛快快地靠近跟前。我一开始念,她就把脸凑过来,都快挨上我的肩膀,表情十分认真,眼睛闪着光芒,聚精会神地盯着我的前额,一眨也不眨。这大概是她听人读书时的常态。方才跟卖鸡肉的就快脸碰脸了。那情景我都看在眼里。舞女那又大又黑的明眸,顾盼神飞,是她最美丽动人之处。双眼皮的线条,有说不出的妩媚。而且,她笑靥如花。用"笑靥如花"一词来形容她,真是再恰当不过了。

过了一歇,饭馆的女侍来接舞女。她穿好衣裳对我说:

"我马上就回来,待会儿再接着念,好吗?"

然后,到了走廊上,两手扶着地行礼说:

"我走了。"

"可千万别唱歌!"姆妈说完,舞女拎起大鼓,轻轻点了点头。姆妈回头看着我说:

"她现在正在变嗓子……"

在饭馆的楼上,舞女端庄地坐着敲鼓。她的背影,宛如近在隔壁,看得很清楚。鼓声使我心荡,令我欢喜。

"有了鼓,这宴会才热闹。"说着,姆妈也转过头望着对面。

千代子和百合子也都到那酒宴上去了。

过了一小时,四个人一起回来了。

"只给了这么点儿……"舞女把攥在手里的五个银角子,稀里哗啦地倒在姆妈手上。我又读了一阵《水户黄门漫游记》。她们提起死在路上的婴儿。说孩子生下来像水一样透明,连哭的气力都没有。尽管那样,还活了一星期。

我对他们,既不好奇,也不轻蔑,压根儿忘掉了他们是些跑江湖卖艺的。我这种寻常的好意,大概沁透他们的心田。我决定等几时到大岛他们家去看看。

"要是住爷爷那间房子才好呢。那儿宽敞,再把爷爷弄出去,就清静了,住多久都行。还能够用功什么的。"几个人商量半天,然后对我说:

"我们有两座小房,山上那座一直空着。"

还说,等正月里请我去帮忙,大伙儿都要上波浮港演戏去。

我渐渐明白,他们虽然天涯漂泊,那心境却是悠闲自在,不失自然纯朴,并不像我当初想象的那样困厄劳顿。因为是母女兄妹,其间自有骨肉亲情的一条纽带维系着。只有雇来的百合子,十分腼腆,在我面前总是不声不响。

直到半夜,我才离开小客店。姑娘们送我出来。舞女把木屐替我摆好,在门口探头看了看天,夜空一派清明。

"啊,月亮……明天就到下田啦,好开心呀。要给囡囡做七七,叫姆妈给我买把梳子,还有好多事呢。你带我去看电影好吗?"

下田港是座充满乡愁的城镇,令人怀念不已,凡是流浪到伊豆相模一带温泉浴场的艺人,无不把它看作天涯羁旅中的故乡。

五

同过天城山时一样,艺人他们拿着各自的行李。小狗将前爪搭在姆妈的胳膊上,一副老于行旅的神情。出了汤野,便又进山。海上的旭日,温煦地照着山腹。朝着旭日升起的地方望去,河津川的前方,河津海滨豁然展现在眼前。

"那就是大岛吧?"

"看着都那么大呢。您可要来啊!"舞女说。

也许秋空过于明丽,朝阳初起的海上,反倒烟霞缥缈,仿佛春日。从这里到下田,要走四十里路。有一段路上,大海时隐时现。千代子悠然地唱起歌来。

半路上,他们说,山间有一条小路,虽说险了点儿,却近了四里来路,问我,是抄近路呢,还是走平坦的大道?我当然挑了近路。

那是密林中的一条上坡路,满地落叶,又陡又滑。我累得直喘气,却不管三七二十一,手撑着膝盖,加快了步伐。眼看着他们几个落在后面,只听见林中传来的说话声。舞女撩起下摆,紧跟了上来,离我不到两米远,她既不想离得更近,也不愿落得太远。我回过头去同她搭话,她好似一惊,停下脚步,含笑回答。本想说话的工夫让她赶上来,便等着她,但她依然止步不前,直到我抬脚,她才迈步。峰回路转,更加险峻难行。从那段路起,我愈发加快步伐,舞女仍在我身后不到两米远,一心只顾往上攀登。空山寂寂。其他人远远落在后面,连说话的声音也听不见了。

"少爷家在东京什么地方?"

"不,我住在学校的宿舍里。"

"我也去过东京,赏花时节去跳过舞……不过,那时很小,现在什么都记不得了。"

然后,舞女有一搭没一搭地问我:

"您父亲在吗?""您去过甲府没有?"什么都问。还提起,到了下田要看电影啦,路上死去的婴儿啦,诸如此类的一些事。

终于爬到山顶。舞女把大鼓放在枯草中的凳子上,拿手巾擦了擦汗,接着刚要掸自己脚上的尘土,却忽然蹲在我跟前,给我掸起裙裤来了。我赶忙闪开身子,舞女咕咚一下,膝盖着了地。竟这么跪着给我周身上下掸了一通,然后,放下撩起的下摆,对还站着大口喘气的我说:

"请坐下吧。"

凳子的一侧,飞来一群小鸟。周遭一片寂静,只有小鸟飞落枝头时枯叶发出的沙沙声。

"干吗要走得那么快呀?"

舞女似乎很热。我用手指咚咚敲了两下鼓,小鸟便都飞走了。

"啊,真想喝水。"

"我去找找看。"

过了片刻,舞女从枯黄的杂木林中空手而回。

"在大岛,你都做些什么呢?"

于是,舞女没头没脑地提起两三个女孩的名字,说些我听了莫名其妙的话。她好像说的不是大岛,而是甲府。是她仅念过两年小学的那些同学的事。想到什么便说什么。

等了十分钟左右,三个年轻人也到了山顶。又过了十分钟,姆妈才到。下山时,我和荣吉故意落在后面,慢腾腾地边走边聊。刚走了半里路,舞女从下面跑了上来。

"下面有泉水。请快点来。都没喝,在等您呢。"

一听说有水,我就跑了起来。树荫下,一股清泉从岩间涌出。几个女的,站在泉边。

"来吧,少爷请先喝。手伸进去,要弄浑,又怕女人先喝了,您嫌脏。"姆妈说。

我用手捧起清凉的泉水,喝了起来,几个女的却不肯就此离去。还要涮涮手巾擦擦汗。

下了山,走上去下田的大路,便见几处烧炭的青烟袅袅。我们坐在路旁的木材上歇脚。舞女蹲在路上,用把粉红的梳子梳理小狗的长毛。

"那不是要把齿儿弄断吗?"姆妈责备说。

"管他呢。反正到下田要买把新的。"

插在她头上的这把梳子,还在汤野的时候,我就打算向她讨过来,见她用来梳狗毛,觉得很不应该。

路的对面,有很多捆矮竹竿,我说了句"当手杖倒挺合适",便和荣吉起身先走了。一会儿,舞女跑着追上来,拿了一根比她人还高的粗竹竿。

"你这是干吗?"荣吉一问,舞女有些着慌,把竹竿递到我面前说:

"给您当手杖使。我抽了一根顶粗的来。"

"那可不行。粗的一看就知道是偷来的,给人瞧见多不好。送回去!"

舞女踅回竹竿捆那里,随即又跑了过来。这回,给我一根有中指粗细的竹竿。然后倒了下去,背靠在田畦上,喘着粗气等她们三个。

我和荣吉始终走在前面,隔着十多米远。

"只要拔掉,镶颗金牙,不就行了嘛。"舞女的声音忽然传到我耳朵里,回头一看,她正和千代子并肩而行。姆妈和百合子还要落后几步。她们似乎没发现我回头,千代子说:

"那倒是。这话你告诉他不好吗?"

好像是在谈论我。千代子大概说我牙齿长得不整齐,舞女就提起镶金牙的事来。可能是在品评我的相貌吧。我对她们已有种亲切感,并不着恼,也无意再听下去。两人继续小声说了一阵,又听见舞女说:

"是个好人啊。"

"那倒是。是像个好人。"

"真是个好人呀。好人真好。"

那话语,透着单纯与率真。那声音,天真烂漫地流露出她的情感。老实说,连我自己也觉得,自己是个好人了。我心花怒放,抬眼眺望明媚的群山。眼内微微作痛。我都二十了,由于孤儿脾气,变得性情乖僻。自己一再苛责反省,弄得抑郁不舒,苦闷不堪,所以才来伊豆旅行。别人从世间的寻常角度,认为我是个好人,心里真有说不出的感激。群山之所以明媚,是因为快到下田海滨了。我挥舞那根竹杖,横扫秋草尖头。

途中,处处村口都竖着牌子:

"乞丐与艺人,不得入村!"

六

甲州屋这家小客店就在下田的北口附近。我跟在艺人他们身后,上了像阁楼似的二楼。没有顶棚,坐在临街的窗畔,头便能碰到屋顶。

"肩膀痛不痛?"姆妈一再叮问舞女。

"手痛吗?"

舞女优美地做出敲鼓的手势。

"不痛。您看,能敲。还能敲。"

"那就好。"

我提了提鼓。

"哎呀,好沉呀。"

"比您想的要沉吧。比您的书包还沉哪。"舞女笑着说道。

艺人向店里别的客人热情地打招呼。都是他们卖艺、走江湖的同道。下田这个码头,似乎就是这样一些漂泊者的归宿。店家的小孩,摇摇晃晃走进房间,舞女给了他几个铜板。我正要离开甲州屋,舞女便抢

先到大门口,给我摆好木屐,自言自语似的悄声说:

"记着领我去看电影啊。"

我和荣吉求一个像无赖似的人带了一段路,到了一家旅馆,说是老板原先当过镇长。洗完澡,和荣吉一起吃的午饭,菜里有新鲜的鱼。

"明天做法事,拿这个买束花供上吧。"

说着,把一个钱数很少的小纸包叫荣吉带回去。明天一早,我得乘船回东京了,因为旅费已经花光。我说是学校里有事,他们也就不便勉强挽留了。

吃完午饭不到三小时,又吃晚饭。然后,我独自一人朝北走去,渡过桥,登上下田的富士山,眺望海港风光。归途顺便去甲州屋,艺人他们正在吃鸡肉火锅。

"少爷也来吃点吧。虽说女人筷子先动过,不干净,以后尽可当笑料嘛。"姆妈说着就从行李里取出碗筷,叫百合子去洗了来。

明天就是婴儿的七七,哪怕再多待一天也好。他们又劝了我一通。我拿学校做挡箭牌,没有答应。姆妈一再说:

"那就等到寒假,大伙到船上去接您好了。事先告诉个日子。我们可盼着您哪。住旅馆可不行。我们会到船上接您哪。"

房间里只剩下千代子和百合子,我请她们去看电影,千代子捂着肚子说:

"我身子不舒服。走了那么多路,实在吃不消了……"她面色苍白,已经精疲力尽。百合子拘谨地低着头。舞女在楼下同店家的孩子玩,见了我,便央求姆妈让她看电影去。可是,她面无表情,木然走回这边,给我摆好木屐。

"那有什么?带她一个人去,不也可以吗?"虽然荣吉也极力劝说,姆妈仍旧不答应的样子。为什么不能带她一个人去呢?我实在纳闷。出了大门,舞女刚好在那里摸小狗的头。脸上冷冷的,我都没法儿跟她搭话。她仿佛连抬头看我一眼的气力也没有了。

我一个人去看的电影。女解说员在小煤油灯下读着说明书。我旋即离去,回到旅馆。在窗台上支肘枯坐,久久地凝视着夜幕下的街市。街市黑沉沉的。我觉得，仿佛远处不断传来隐约的鼓声。我无端地扑簌簌流下了眼泪。

七

动身那天早晨，七点钟吃饭时，荣吉在街上喊我。穿了一件印着家徽的黑外褂。大概为给我送行才穿的这身礼服。却没有看到她们几个。我顿感惆怅。荣吉进屋说道：

"她们都想来送您，可昨晚睡得太迟起不来，真对不住。她们说，盼着您冬天来，一定要来呀。"

街上秋风乍起，晓寒侵身。荣吉在路上给我买了四盒敷岛牌香烟，还有柿子和薰牌清凉散。

"因为我妹妹的名字叫薰。"他笑了笑说，"船上吃橘子不好，不过，柿子能止晕，可以吃点儿。"

"这帽子给你吧。"

我摘下鸭舌帽，戴在荣吉头上。然后从书包里掏出学生帽，抚平皱褶，两人笑了起来。

走到码头，舞女蹲在海边的身影，一下闯入我的心扉。直到我们走到她身旁，她都凝然不动，默默地低着头。脸上依然留着昨夜的浓妆，越发加重我的离情别绪。眼角上的两块胭脂红，给她似恼非恼的脸上，增添一丝天真而凛然的神气。荣吉问道：

"她们也来了？"

舞女摇了摇头。

"还在睡觉？"

舞女点了点头。

荣吉去买船票和摆渡票的工夫，我变着法儿跟她搭讪，她都一声不响，只管低头望着水渠入海处。每次不等我讲完，她就频频点头。

这时，一个做小工似的汉子向我走来。

"大娘，这个人倒合适。"

"这位学生，是去东京的吧？看您这人挺可靠，求您把这位老婆婆带到东京去行不行？老婆婆好可怜喔。她儿子在莲台寺的银矿上干活，得了流感，连儿子带媳妇全死了。留下这么三个小孙孙。走投无路哇,大伙儿合计了一下,还是叫她回老家吧。老家呢,在水户,可她什么也不懂,等到了灵岸岛,送她坐上去上野的电车就行。给您添麻烦了,咱们这儿给您作揖,求您啦。瞧瞧她这形景,八成儿您也会觉得怪可怜的,是不是?"

老婆婆痴呆呆地站在那里,背上背着一个吃奶的孩子,一手拉着一个女孩,小的三岁上下,大的五岁左右。脏包袱里露出大饭团和咸梅干。五六个矿工在安慰她。我很爽快,答应照料她。

"那就拜托啦。"

"谢谢您啦。本来俺们该把她送到水户去,可是办不到啊。"矿工们一一向我道谢。

渡船摇晃得厉害。舞女依旧紧紧地抿着嘴,望着一边。我抓住绳梯,回过头去,她似乎想道一声珍重,却又打住了,只是再次点了点头。渡船已经返航归去。荣吉不停地挥舞着我方才送他的那顶鸭舌帽。直到轮船渐渐离去,舞女才扬起一件白色的东西。

轮船驶出下田海面,我凭栏一心远眺着海上的大岛,直到伊豆半岛的南端消失得无影无踪。与舞女离别,仿佛已是遥远的过去。不知老婆婆怎么样了,便去船舱张望了一下,见有许多人围坐在她身旁,似在多方安慰她。我放下心,进了隔壁的船舱。相模滩上,波涛汹涌。一坐下去便不时地左右摇摆。船员四处分发小铜盆。我枕着书包躺了下去。头脑空空,失去了时间感觉。泪水唰唰地流在书包上。脸颊感到凉冰冰的,只得将书包翻过一面。有个少年躺在我的身旁,是河津一家工厂主的儿子,去东京准备升学考试。见我戴着一高的学生帽,似乎对我抱有好感。交谈几句之后,他问:

"您是不是遇到什么不幸了?"

"没有。我刚刚同人告别来着。"

我回答得非常坦率。即使让人看见我流泪,也不在意了。我无思无念。只感到神清气爽,心中惬意,静静地睡去。

海上是几时暗下来的,我竟然不知道。网代和热海一带,已灯火灿然。我的肌肤有点冷,肚里感到饿。少年给我打开竹叶包,我似乎忘记那是别人的东西,拿起紫菜饭卷便吃了起来。然后,钻进少年的学生斗篷里。一种美好而空虚的心情油然而生,不论人家待我多亲昵,我都能安然接受。我甚至想,明天一早,带老婆婆去上野站,给她买张去水户的票,那也是自己应该做的。我感到天地万物,已浑然一体。

船舱里的煤油灯已经熄灭了。船上装的生鱼和潮水的气味变得浓烈起来。黑暗中,少年的体温给我以温暖,我任凭眼泪簌簌往下掉。脑海仿佛一泓清水,涓涓而流,最后空无一物,唯有甘美的愉悦。

(一九二六年)

拣骨记

山谷里有两泓池水。

下面一个好像炼过银,熠熠地泛着银光;而上面一个,则山影沉沉,发出幽幽的死一般的绿。

我脸上黏糊糊的。回首望去,踩倒的草丛里,竹叶上滴着血,血滴仿佛要滚动似的。

鼻血又涌了出来,热乎乎的。

我急忙用腰带塞住鼻子,仰面躺下。

阳光虽未直射下来,仰承阳光的绿叶,背面却明光耀眼。

堵在鼻孔里的血,直往嗓子眼里倒,怪恶心的。

一吸气,便发痒。

山上一片蝉鸣。好似受到惊吓,突然齐声"鸣——鸣——"叫了起来。

七月,将近中午,哪怕落下一根针来,都好像什么东西要塌下来似的。身子好似动弹不得。

汗涔涔地躺着,觉得蝉的聒噪,绿的压迫,土的温暖,心的跳动,一齐奔凑到脑海里。刚刚聚拢,忽又散去。

我恍如飘飘然,给吸上了天空。

"小爷子,小爷子,喂,小爷子!"

茔地那面传来喊声,我一骨碌站起来。

出殡的第二天上午,来拣祖父的遗骨,正在扒拉还温热的骨灰,鼻血滴滴答答流了下来。我趁人不注意,用腰带尖堵住鼻孔,从火化场跑上小山坡。

经人一喊,旋即又跑下山去。银光闪闪的池水,荡漾之间消失了,踩着去年的枯叶,一溜烟滑了下去。

"小爷子心真宽,跑哪儿去了?你爷爷已升天了,你瞧。"常来帮忙的阿婆说。

我走下山来,矮竹丛给踩得噼啪作响。

"是吗?在哪儿?"

流了大量鼻血,我生怕脸色显得难看,还惦着那湿腻腻的腰带,走到了阿婆身旁。

像揉皱的绉纹纸似的手掌上,摊着一张白纸,上面有块寸许大的石灰质,几个人的目光顿时猬集在上面。

像是喉结。倘若勉强去想的话,也不妨看作人形。

"方才好不容易才找到的。唉,你爷爷也成了这个样了,放进骨灰盒里吧。"

实在没意思——我真希望是爷爷,听见我回家进门,那双失明的眼里,露出高兴的神色迎接我。然而,却是一个穿着黑绉绸的女人,我未见过面的姨妈站在那里。好不奇怪。

旁边的坛子里,乱七八糟装了些骨殖,不知是脚还是手,抑或是脖子。

火化场只是一个挖出的长坑,没有一点遮拦。

灰烬的热气还很炙人。

"走吧,到坟上去吧。这儿难闻得很,太阳光都是黄的。"

我头晕目眩,又像要流鼻血了,有些儿担心,便这么说。

回头一望,常来帮工的汉子捧着骨灰罐跟在后面。只有火化场上的灰烬,吊客昨日烧完香坐过的席子,依然留在那儿。糊着银纸的竹竿,也依然竖在那儿。

昨晚守夜,有人说,祖父终不免也变成一团蓝色的鬼火,冲出神社的屋顶,飘过传染病院的病房,在村子上空弥漫着难闻的臭气,飞散以尽。去坟地的路上,我想起这些风言风语。

我家的祖坟和村里的墓场不在一处。火化场在村子墓场的一角。

终于到了石塔林立的我家祖坟。

我觉得反正一切都无所谓,真想一骨碌躺下去,在蔚蓝的晴空下尽量多呼吸几口。

阿婆从山涧打了水来,把大铜壶往地下一放,说:

"老爷子有遗嘱,说是要葬在祖上最早的石塔下面。"

说是遗嘱，未免也太一本正经了。

阿婆的两个儿子便抢在常来我家的农夫前头，扳倒最上头一座旧石塔，在塔基处挖了起来。

墓穴似乎相当深。骨灰罐扑通落了下去。

虽说死后将那样一块石灰质放进先祖的遗茔里，但死了，也就什么都不复存在了。渐渐被忘却的生。

石塔又照原样竖了起来。

"来吧，小爷子，告别吧。"

阿婆往小石塔上哗哗地浇水。

线香点着，但在强烈的阳光下，看不出袅袅的青烟。花已经蔫了。

众人合掌瞑目。

那一张张黄面孔，我挨个看过去，脑袋又一阵眩晕。

祖父的生与死。

我像上紧发条似的，使劲摇动右手。骨头咔啦咔啦地响。手里拿着小骨灰罐。

老爷子是个可怜的人。一心为了家。村里忘不了他。回去的路上净提祖父的事。真希望他们住嘴。伤心的恐怕只有我一人而已。

留在家里的那些人也替我担心,爷爷死了,只剩下我一人,这往后怎么办呢?同情之中掺杂着好奇。

吧嗒一声,落下一只桃子,滚到了脚边。从坟场回来的路,是绕着桃山脚下走的。

这是我虚岁十六岁那年的事,系十八岁(大正五年[1])时所记。现在一边抄录,一边略加修改。十八岁写的东西,五十一岁时重抄,也饶有兴味。想我竟然还苟活人间,仅此一端……

祖父是五月二十四日死的。《拣骨记》里写成七月的事。这种改易,似乎也是有的。

我曾在新潮社出版的《文章日记》里提到过,原稿丢了一张。日记本上"灰烬的热气还很炙人"同"走吧,到坟上去吧……"中间,缺了两页。存其缺略,照抄不误。

《拣骨记》之前,还写过《致故乡》一文。和祖父

---

[1] 即1916年。

一起生活过的村子,我称作"你",用寄自中学集体宿舍的书信体写的,不过是种幼稚的感伤而已。

兹从《致故乡》中,摘出与《拣骨记》有关的一小段:

……我曾那样地向你发过誓,可是,前天在舅父家,终于答应卖掉祖房。

最近,想必你也看到了,仓房里的衣箱、衣橱,都转到商贾手里了。

听说自从离开你之后,我家便成了一个穷帮工的住处。他妻子患风湿病死后,又用作邻居家关疯子的地方。

仓房里的东西不知不觉地给偷光了;坟山四周的树,一棵一棵给砍掉了,变成近邻桃山的领地。虽然快到祖父三周年的忌辰,佛龛里的牌位,恐怕早已倒在老鼠尿上了吧。

(一九四六年作,一九四九年发表)

脆弱的器皿

大街的十字路口,有爿古董店。路边店旁,立着一尊瓷的观音像。高矮如同十二岁的少女。电车一边,观世音冰冷的肌肤便同玻璃门一起轻轻地颤悠。我每次走过,神经都微微感到痛楚,担心瓷像该不会倒下来吧?——由是做了一梦。

观世音直挺挺朝我倒了下来。

一双低垂而修长的皓腕,突然伸出,搂住我的脖子。无生命的手臂有了生命引起的那份惊悸,瓷器那种冰冷的感觉,吓得我慌忙闪开身子。

观世音无声地扑倒在地，摔得粉碎。

于是，她自行捡起碎片。

她蹲下来，只有一点大，匆忙拾掇散落开来的晶亮的瓷片。

她的出现，令我惊讶。正想开口辩解几句，倏然一梦醒来。

似乎是观音像倒下以后刹那间的事。

我试着去详这个梦。

"尔等对待妻子，要如同脆弱的器皿。"[1]

当时，脑海里常浮现出《圣经》上的这句话。"脆弱的器皿"，总使我联想起瓷器。进而想到她。

年轻女孩儿实在易受伤害。有一说法，恋爱本身，就会毁掉年轻处子。我便这么认为。

——方才梦中，不正是她在忙不迭收拾自家的碎片吗？

（一九二四年九月）

1　参见《新约·彼得前书》第三章。

奔向火海的她

远处,一泓湖水闪着幽幽的光。水色宛如月夜中古庭院内的一潭死水。

湖水对岸的森林,在静静地燃烧。火势眼见得蔓延开来,像是着了山火。

消防唧筒似玩具一般,在岸上疾驰,水面上的倒影甚为分明。

人群络绎不绝,爬上山坡,黑压压的一片。

我忽然发现,四周的氛围十分明朗,显得宁静而干爽。

山脚下的市街是一片火海。

——她没费劲便分开拥挤的人群,独自奔下山来。下山的只有她一人。

奇怪,竟是一个无声的世界。

看着她径直奔向火海,我心里受不住了。

那时,我没用语言,而是同她的心灵在做切实而清楚的交谈。

"为什么只有你一个人下山?难道想在火海里烧死不成?"

"我并不想死。可您家在西边,所以我要朝东走。"

我感到视野中的那一片火海里,她的身影像一个黑点,刺痛我的双眼,于是一梦醒来。

眼角流下了泪水。

她说不愿朝我家的方向走,这我早已料到。她要怎么想,都随她便吧。可是,受理智的鞭笞,明知她对我的感情已经冰寒雪冷,表面上也已死了心,却又认为在她感情的一隅,对我终究还会留有一星半点的情分。这其实同她毫不相干,只是我的一厢情愿罢了。我尽量狠狠地嘲笑自己，可又宁愿偷偷地将其藏在心底。

然而，之所以做这样的梦，难道在我心里真是认定她对我已是情断意绝了吗？

梦是我的感情。而梦中她的感情，是我虚拟的。那也是我的感情。虽说在梦中，感情不会夸大也不会虚饰。

这样一想，我不胜寂寞忧伤了。

（一九二四年九月）

殉情

因嫌弃她而出走的丈夫,写来一信。是两年后,寄自一个遥远的地方。

——不要叫孩子拍皮球。我听到拍球声了。那声音叩击我的心。

她把九岁女儿的皮球收了起来。

丈夫又来一信。发信的邮局与上一封不同。

——不要叫孩子穿皮鞋上学。我听到皮鞋声了。那鞋声践踏我的心。

她把女儿的皮鞋换成一双软软的毡拖鞋。女儿哭着不再上学了。

丈夫又寄信来了。与第二封相隔一月，字迹令人感觉他突然显得苍老。

不要叫孩子用瓷碗吃饭。我听到碗响了。那声音令我心碎。

她像侍候三岁孩子似的，用筷子喂女儿吃饭。想起女儿三岁时，丈夫坐在身旁，其乐融融的情景。女儿擅自从碗橱取出自己的饭碗。她一把夺过来，使劲摔在院里的点景石上。丈夫的心发出破碎的声音。她陡然两眉倒竖，把自己的饭碗也摔了。不知这是不是丈夫心脏破裂的声音？她把饭桌也踢到院子里。这声音呢？她身子撞到墙上，拳头连连捶打着。接着又像长枪似的，朝纸拉门冲去，摔倒在门对过。这又是什么声音？

"妈，妈，妈——"

女儿哭着赶了过来，她"啪"的一记耳光，打了过去。哦，让你听，这声音！

如同回声似的，丈夫又来信了。信是打远处一个新地方寄来的。

——你们不要弄出一点声响来。也不要开门关门。不要喘气。家里的时钟也不许响。

"你们,你们,我说你们——"

她喃喃地念着,吧嗒吧嗒地落泪。于是,一切声音都归寂然。哪怕些微声响也永远不会有了。母女俩双双死去了。

说来也怪,她丈夫也并枕死在身旁。

(一九二六年)

化妆

我家厕所的窗子,正对谷中殡仪馆的厕所。

两个厕所之间的空地,是殡仪馆的垃圾场。葬礼用的供花和花圈都弃置在那里。

虽说才九月中,墓地和殡仪馆却已秋虫唧唧,叫个不停。我说,有件有趣的事,便把手搭在妻和妻妹的肩上,带她们来到略有凉意的走廊上。那是在夜晚。到了走廊的尽头,打开厕所门的同时,一股浓郁的菊花香就扑鼻而来。她们发出一声惊叫,把脸凑向洗手池上方的窗口,满窗全是盛开的白菊花。有二十来个白菊花圈,立在窗外。是今天葬礼之后留下来的。妻伸手要摘菊花圈,说:"一下看到这么多菊花,真是几年没有的事了。"我打开电灯。缠在花圈上的银纸,照得灿然发亮。我工作时,不时要去厕所,那天晚上,也不知闻过多少次菊香。彻夜工作的疲劳,一进这馥郁芬芳中,顿觉消失殆尽。俄顷,晨光熹微,白菊愈发泛白,银纸也开始闪光。上厕所时,看到白菊花上戛然停着一只金丝雀。大概是昨天谁家放风,倦鸟忘了回巢。

这情景虽说很美,可我也还不得不从厕所的窗口,看着这些葬礼用的花一天天枯败下去。三月初,写这篇文章的时候,一个花圈上开着红玫瑰和桔梗,我仔细观察了五六天,随着花朵萎谢,看到花色如何地变化。

倘如仅是花倒也罢了。可是,透过殡仪馆厕所的窗子,我却没法不看见人。数年轻女子多。男人则很少进去。而老太婆,已算不得那种连在殡仪馆厕所里也要对镜久立的女人了。但年轻女子,大抵要站在那儿化妆。身着丧服在殡仪馆厕所里化妆的女人——看她们涂上浓浓的口红,就像看到舔尸带血的嘴巴一样,吓得我不由身子一缩。她们倒都不慌不忙,以为没人

　　舞女看上去像有十七岁了。梳了一个大发髻,古色古香,挺特别,我也叫不出名堂。这发型使那张端庄的鹅蛋脸,愈发显得娇小,但很相称,十分秀丽。仿佛旧小说里的绣像少女,云鬓画得格外蓬松丰美。

她一丝不挂,连块手巾都没系。她正是那舞女。白净的光身,修长的两腿,像一株幼小的梧桐。

看见，身上透出一种偷做坏事的罪恶感。

此类怪相，我并不愿瞧。但两扇窗子，常年相向，这种令人嫌恶的巧合，次数倒也不少。我总是赶忙移开视线。所以，看到街头或客厅里女人化妆，要是联想起厕所里的一幕，无疑那正是我的造化。我甚至想，要不要写信，告诉我喜欢的那些女人，假使有一天来谷中殡仪馆参加葬礼，千万别去厕所。我不愿意她们沦入魔女之中。

然而，就在昨天。

我看见殡仪馆厕所的窗内，有个十七八岁的少女，正用白手帕频频拭泪。擦了又擦，眼泪还是流个不住。抽抽搭搭，肩膀直颤。也许是悲不自胜，结果身子竟咚地靠到厕所的墙上。甚至连擦脸的力气也没有了，任凭泪水横流。

恐怕只有她一个，不是偷着来化妆，而是偷着来哭泣的。

我觉得，那扇窗子种下了我对女人的恶意，现在已因她一扫而光。可是这时，出人意料，她竟掏出一面小镜子,对镜咧嘴一笑,然后翩然走出厕所。像冷水浇身,我惊讶得险些叫出声来。

在我,这真是谜一样的笑。

(一九三二年)

石榴

一夜秋风,石榴叶子便落光了。

树下只露出一圈儿泥土,周围洒满了落叶。

君子拉开木板套窗,见石榴树变得光秃秃的,很是惊奇。叶子落在地上围成一个圆圆的圈儿,更觉不可思议。风吹叶落,本应狼藉一地的。

枝头上结着美丽的果子。

"妈,石榴!"君子喊母亲。

"真的哩……都忘了。"

母亲只看了一眼便又回厨房去了。

从"都忘了"这句话里,君子不禁想到家中的寂寞。日子过得竟连屋檐上的石榴都会忘记。

刚刚半个月前——表亲家的孩子来玩,一来就发现了石榴。七岁的男孩毛手毛脚地爬上树,君子感到一股勃勃生气,在廊下喊:

"再往上一点,还有个大的哪。"

"是啊,可我要摘了,就下不来啦。"

可不是,两手都拿着石榴,就没法儿从树上下来了。君子笑了起来,觉得这孩子真可爱。

孩子来之前,这家人压根儿把石榴给忘了。打那以后,直到今早,也未曾想到石榴。

孩子来时,石榴还藏在叶子里,而今早,竟露在半空中了。

树上的石榴,还有落叶围成圆圈儿的泥土,凛然强劲;君子走到院子,用竹竿去摘石榴。

石榴已经熟透了。饱满的石榴子儿,把石榴给胀裂开来。放在廊檐下,石榴子儿在阳光下粒粒晶莹闪亮;阳光射穿了每一粒子儿。

君子觉得似乎委屈了石榴。

回到楼上，君子麻利地做起针线活。十点钟光景，听见启吉的声音。木门大概开着，像似径直走到院子里，劲头十足，急口说着什么。

"君子，君子！阿启来啦。"

母亲大声喊道。

君子慌忙将脱了线的针插在针扎上。

"君子也一直念叨，想在你出征前见上一面，可她又不好意思去，你也老不来。好了，今天……"母亲说着，要留他吃中饭，可是，启吉似乎急着要走。

"这就难办了……这是我们家结的石榴，你尝尝吧。"

君子下了楼，启吉目光迎着她，仿佛望眼欲穿似的，一直望着君子，君子不禁有些逡巡。

启吉的眼神忽地显得情意绵绵。这时，他"哎呀"一声，石榴掉在地上了。

两人对面相视，微微一笑。

君子发觉彼此相视而笑，不由得两颊发热。启吉也赶忙从廊下站起身来，说：

"阿君要保重身体呀。"

"启吉哥更要当心……"

君子刚说一句,启吉已转过身侧向君子,跟母亲告别。

启吉已经走出院子,君子依然朝院子的木门望去。

"阿启真是急性子,多可惜呀,这么好的石榴……"

母亲说着,便胸口贴着廊子,伸手捡起石榴。

大概是方才启吉眼里含情脉脉,手里漫不经心地掰着石榴,一下子掉下来的吧?石榴没掰开,露子儿的那面着了地。

母亲到厨房把石榴洗净拿来,喊了声:

"君子!"

便递了过来。

"我不吃,多脏呀!"

她蹙着眉,一缩身子,蓦地脸上飞红,霎时张皇失措起来,只得乖乖地接了过来。

上面的子儿启吉似乎咬过。

母亲在一旁,要是不吃,反倒不自然,便若无其事地咬了一口。石榴的酸味浸满齿牙。君子感到一缕悲酸的喜悦直透心底。

君子此时此刻的心情,母亲压根儿没理会,竟起身走开了。

经过镜台时,"哎哟哟,瞧我这头发。这么乱蓬蓬的,给阿启送行,多寒碜呀。"说着坐了下来。

君子一动不动,听着梳头声。

"你爹刚死的那阵子,"母亲慢条斯理地说,"我怕梳头……一梳起来就常常愣神。有时会忽然觉得,好像你爹正等着我梳完头呢。等回过神来,不禁吓一跳。"

君子想起,母亲经常吃父亲吃剩的东西。

不由得一阵心酸。那是一种喜极欲泣的幸福之感。

母亲不过是觉得可惜而已。方才仅出于这种想法才把石榴递过来的吧。母亲一直是这么过日子的,许是成了习惯,无意中就流露了出来。

君子私下发现这份喜悦,当着母亲却又感到难为情起来。

然而,启吉虽然不知,君子却觉得自己是满怀着送别之情,而且会永远等着他的。

她偷偷望了母亲一眼,阳光照在镜台背后的纸拉门上。

倘如再去吃膝上的石榴,君子觉得未免有些儿过分了。

(一九四三年)

红梅

父母亲对坐在暖笼边上,望着开了两三朵红花的老梅树,正争执不下。

父亲说,老梅树几十年来都是从底下的枝上先开花,从你嫁过来就一直没变过。母亲则说,我可从来不觉得。母亲没有附和父亲的感喟,父亲有些不服气。母亲便说,从嫁到你们家,哪有闲工夫看梅花。父亲又说,那怪你糊里糊涂空度岁月。比之老梅的寿命,人的生命何其短暂!父亲不免生出这样的感喟,可这感喟至此似乎已被打断。

不知不觉中话题扯到正月的点心上。父亲说,他正月初二在风月堂买过点心回来。母亲却愣说没那回事儿。

"你这人,我先叫车在明治糕点公司等着,后来又坐那辆车去了风月堂,明明两家的点心都买了的!"

"明治的点心倒是买了……可是从我到你们家,就没见你买过什么风月堂的点心。"

"别夸大其词了。"

"本来嘛,我就没吃过。"

"你别瞎说了。正月里你不也吃了吗?我明明买回来了嘛!"

"哟,真讨厌!你简直是说梦话……不吓人吗?"

"唔……"

女儿在厨房里准备午饭,一边听着他们争论。她知道事情的真相,但不想插嘴,只笑着站在锅旁煮东西。

"你真的拿回家了吗?"母亲似乎有意承认父亲在风月堂买过东西,可是又说,"我没见过呀!"

"拿倒是拿回来了……要么,忘在车上了?"

父亲对自己的记性也拿不准了。

"怎么会呢……要忘在车上,司机会送来的。他不会偷偷拿走。那是公司的车呀。"

"倒也是。"

女儿有些不安。

母亲显然忘得一干二净,真是怪事;父亲被母亲强词夺理一说,竟没了自信,也挺奇怪。

正月初二那天,父亲乘车兜风,在风月堂买了许多点心回来。母亲她也吃了的。

沉默了半晌,母亲蓦地想了起来,便痛痛快快承认说:

"哎呀,是那些点心——你是买过。"

"就是嘛!"

"又是黄莺饼,又是铜锣烧的。家里本来就有许多点心,当时真叫人难办。"

"就是嘛,我是买回来过。"

"可是,那堆蹩脚货,是在风月堂买的吗?那种东西?"

"是呀。"

"噢,对了,我给人了,没错。还包上纸,是我给的……那么,给谁了呢?"

"不错,是给了人。"

父亲如释重负一般,声音透着轻松。随即又说:

"是不是给房枝了?"

"噢,好像是。像是给了房枝。没错!我还说呢,不能叫孩子看见,就包起来偷偷给了她。"

"没错,是房枝。"

"嗯,这就对了,是给了房枝。"

父母的对话已告一段落。两人觉得说到了一处,好像彼此都挺满意。

可是,这与事实不符。点心没给原先的女仆房枝,而是给了邻居家的男孩。

女儿悬着心,怕母亲别是又像方才那样想起这件事来。但起居室里静悄悄的,只听见铁壶咝咝的声音。

女儿端上做好的午饭,摆在暖笼盖上。

"好子,方才的话你都听见了?"父亲问。

"听见了。"

"你妈老糊涂了,真麻烦。而且,越来越固执。你呀,给你妈当个录事吧。"

"你爸又怎么样……尽管今儿个风月堂这件事算我输了。"母亲说。

关于房枝的事,女儿刚要开口,却又把话咽回去了。

那是在父亲去世前两年的事。当时父亲得了轻度脑溢血,不大去公司上班。

后来老红梅树依旧先从底下开花。女儿常常想起父母关于风月堂的一席话。但她没同母亲提起。因为她觉得母亲似乎已忘了这回事……

(一九四八年)

秋雨

在我眼底,有一个幻象:火球落在红叶艳艳的山上。

与其说是山,毋宁说是谷,谷深而山陡。溪涧中流,峰峦峭拔。若不仰起头,便看不见峰峦之上的天宇。天空依然蔚蓝,只是渐带暮色。

涧水中的白石也略现暮色。红叶从高处将我包围,那份寂静沁透我的身心,许是让我快快感受那黄昏即将来临?溪水湛蓝,红叶却未见倒映水中;对那片湛蓝,我疑心是自己看花了眼。这时,但见湛蓝的水面上有火球纷纷坠落。

既非火雨,亦非火星,只是一团团的小火球,在水面上闪烁不已。一点不错,是粒粒火球从天而降,一经落到蓝蓝的水面便倏忽不见了。火球降到山腰之际,因为红叶而看不出颜色来。那么,山顶上又是怎样一个情景呢?仰头望去,那团团小火球正以意想不到的快速,从空中纷纷下坠。是火球移动的缘故吗?双峰屏立如岸,蓝空夹成一线,似溪流而蜿蜒。

这是我去京都在特快列车上,入夜后打盹时所生的幻象。

十五六年前,曾住院做胆结石手术,有两个女孩儿始终留在我记忆中。这次去京都,就是为到京都的饭店看望其中一人。

另一个是婴儿,生来没有胆管。这种孩子顶多能活一年,所以给她动手术,插入一个接通肝脏和胆囊的人造管。母亲抱着那婴儿站在走廊上,我走到跟前,看着婴儿说:

"真不错,多可爱的孩子呀!"

"谢谢您了。说是这两天就要不行了,正等家里人来接我们呢。"母亲沉静地回答。

婴儿睡得很安稳，身上是一件茶花图案的和服，大概因手术后裹了纱布的缘故，胸口那里鼓鼓囊囊的。

我贸贸然向这位母亲问候，也是一时疏忽，只是出于住院患者之间的相互关心。有许多孩子来这家外科医院做心脏手术。手术前，他们或在走廊里跑来跑去嬉闹，或在电梯里上上下下玩耍。不知不觉地，我也会同他们说说话。那些孩子，大多是五六岁或七八岁，患有先天性心脏病。手术要小时候做才好，否则有可能早死。

那群孩子里，有一个女孩儿格外引起我的注意。每逢我乘电梯，可以说回回必有她在里面。这个五岁的女孩子，总是一个人蹲在电梯的角落里，躲在大人立着的腿后，绷着脸一声不响。那双严厉的眼睛，闪着明锐的光；一张小嘴抿得紧紧的，显得不服输的样子。我向照料我的护士打听，说那女孩儿几乎天天这样，一个人在电梯里，一连乘上两三个钟头。即便坐在走廊的长椅上，仍旧是同样的表情，不吭一声。我试着逗她说话，她眼睛连动都不动。我对护士说："这孩子将来准有出息。"

可这女孩子,后来不见了。

"那孩子已经动过手术了吧?结果如何?"我问护士。

"没等动手术就回去了。看到邻床的孩子死了,她就固执地说:'我不做,我要回家;我不做,我要回家。'她硬是不肯做。"

"哦……那她能活得长吗?"

她现在已经长成妙龄女郎,我去京都就是为了看她。

雨点打在客车玻璃窗上的声音,使我从迷离的梦境中醒来。幻象消失了。我刚要蒙眬打盹,便听见雨点打在窗上。不一会儿,风雨交加,窗上的声音越来越响。打在窗上的雨点,一滴一滴从玻璃上斜着流下去。从窗的这一头流到另一头。流流停停,再流,再停,再流。听上去很有节奏。一滴滴水珠,时而后面的超过前面的,时而上面的先落到了下面,交相错杂,绘出一道道曲线。流动的节奏中,有着一曲音乐。

我觉得,火降红叶山的幻象,虽说寂然无声,却正是那点点雨滴叩打车窗的音乐,化成了火球纷落的幻象。

后天,京都一家饭店的大厅里要举行新年和服表演,我应店主的邀请前去观看。服装模特儿中有位名叫别府律子的。那女孩儿的名字我从未忘记,但却不知她已成了模特儿。说是来看京都的红叶,其实倒是为看律子而来。

第二天依旧是阴雨连绵。下午,我在四楼大厅里看电视。这儿好像是宴会厅的休息室,有两三家婚礼的来宾挤在里面,穿着结婚礼服的新娘子也从这儿经过。我偶然回头看了看,前一拨新郎新娘已走出会场,正在我身后摄影留念。

和服店的老板站在那里向我打招呼。我问他别府律子来了没有。老板便以目示意,她就在一旁。站在烟雨迷蒙的窗前,目光明锐地瞧着新郎新娘拍照,那便是律子。依然紧紧地抿着嘴。她还活着!已长成一个亭亭玉立、美丽动人的姑娘,我真想走过去跟她打招呼:还认识我吗?想得起来吗?但又猛然按捺住自己,逡巡起来。

"因为明天的服装表演,要请她穿新娘礼服,所以……"和服店老板在我耳边低语。

(一九六二年)

白马

枹树叶中,太阳银光闪闪。

野口蓦然抬起脸,阳光刺眼,眨了眨再去看。阳光并没照到他的眼睛,而是射在那片茂密的树叶里。

以枹树而言,树干这么粗固然少有,长得这么高也不多见。在这棵大枹树的周围,还簇立着好几棵枹树,正好遮住西晒的太阳。底下的枝杈没有修剪过。夏日的夕阳渐渐西沉,斜落在枹树林外。

树叶郁郁葱葱,树这边看不见太阳的形状,遍洒密叶中的光线便是太阳。这景象,野口已司空见惯。因在海拔千米的高原上,树叶青翠,同西洋的树叶一样明亮。夕照下，枹树叶一抹浅绿，澄莹透明。在微风中款摆，宛如光的波浪，流丽生辉。

今日傍晚，枹叶悄然不动，密叶间的光线也凝然一片。

"咦？"野口不禁出声。他发现天色微暗，已非太阳高悬林颠时的色彩。那是即将黄昏日落的光景。枹叶中的银光，是浮在林端的一朵白云在落照中辉映所致。枹林左边，连绵的远山已经垂暮，是一色儿的浅蓝。

射在枹林中的银光，倏然便消逝了。郁郁葱葱的绿叶变得黑黝黝的。树梢上，蓦地跳出一匹白马，腾空飞向灰色的天际。

"啊！"野口叫了一声，却没怎么惊讶。在他，这幻象并不罕见。"依旧骑着白马。依旧穿着黑衣。"

白马上的黑衣女人，长裙飘飘，一直飘到翻飞的马尾上。像是黑衣上缀的几块黑布，但又不像是黑衣上的东西，而是别的什么。"那是什么呢？"野口正寻思着，陡然空中的幻象消失了。只有白马奔腾的腿还留在心中。奔腾的姿态像赛马一样，但马腿的腾越却很徐缓。并且,在幻象中,奔腾飞越的只有马腿。四蹄是尖尖的。

"长长的黑布拖在身后,究竟是什么呢?难道不是布吗?"野口心里惦着这回事。

——野口念高小时,院子里,环匝着夹竹桃盛开的树篱,曾和妙子一起画画玩,画了各种各样的画。有一幅画的是马。妙子画的是腾空的骏马,野口也画了一幅。

"这是骏马踢山,让神泉喷涌!"妙子说。

"怎么没有翅膀呀?"野口问。野口的马是有翅膀的。

"才不要翅膀呢。"妙子答道,"有尖尖的蹄子嘛!"

"骑马的是谁呢?"

"妙子我呀!骑马的是妙子呀!穿着粉红袍,骑着大白马。"

"噢,是妙子骑在骏马上,踢着山让神泉喷涌啊?"

"是呀!你的马倒是有翅膀,可没人骑不是?"

"得!"野口赶紧在马背上画一个男孩。妙子在一旁瞧着。

这事也就到此而已,后来野口没跟妙子结婚,而跟别的女人成了家,还有了孩子,年纪也大起来,往事早已忘诸脑后了。

他想起这事,纯属偶然,那是在一个不眠之夜。儿子没考上大学,每晚都要用功到两三点,野口惦记着,无法入睡。接连几个不眠之夜,野口咂摸到了人生的寂寞。儿子还有明年,还有希望,所以夜里也不睡觉。但父亲却眼睁睁干躺在床上。倒不是为了儿子,只因感到自家的寂寞。一旦寂寞萦怀,便难摆脱,一直扎根到内心深处。

为能入睡,野口想了种种办法。曾试着静静地幻想和追忆往事。结果,一天夜里,出其不意,想起妙子的那幅白马图。画已记不清了。黑暗中,野口闭着眼睛,浮上他脑海的,不是小孩子的画,而是白马腾空的幻象。

"啊,是妙子骑在马上,穿着粉红色的衣裳。"

腾空的骏马分明是白色的,可马上的人儿,身形和色彩却看不真切,似乎不是小女孩。

然而，白马在空中的腾跃，速度渐渐徐缓，最后消失在远处，野口也随之沉入酣眠。

自那夜起，野口把白马的幻象当成催眠的绝招。野口也留下难以入睡的毛病。每逢痛苦或烦恼的时候，老毛病定规要犯。

不眠之夜，野口靠白马的幻象来解救，这已不知有多少年了。幻象中的白马，尽管形态栩栩如生，十分鲜明，但骑马的人，总觉得是个穿黑衣的女子，绝非身着粉红袍的小女孩。何况，那黑衣女子的姿容，随着岁月的流逝，在野口的幻象中愈见衰老，也更添几分诡谲。

——今天，野口没等闭眼上床，人还清醒，单是靠在椅子上便看见了白马的幻象，这还是头一回。幻象中黑衣女子的身后，飘动着长长的黑布样的东西，这也是头一回。说是"飘动"，看着却像又厚又重的黑东西，"到底是什么呢？"

野口犹自仰望暮色微茫、渐渐变暗的天空，那白马的幻象已然消失的天空。

不见妙子,已有四十年。且一直杳无音信。

(一九六二年)

重逢

厚木祐三的战后生活,似乎是与富士子的重逢为起点的。同富士子的重逢,倘若说成是同自我重逢倒也未尝不可。

"啊,总算是还活着。"祐三见到富士子时,心头不禁一怔。既不含悲,也不带喜,纯粹是一种惊愕。

乍看到富士子,到底是人体还是物象,他都浑然不辨。他是同自己的过去相逢了。"往昔"虽然借富士子的形体出现在他面前,祐三却觉得那只是一种抽象的意念。

而往昔之托身为富士子重现,恐怕正是眼前这一刹那吧。在自己面前，过去和现在竟相互牵连在一起，祐三就不免感到有些意外了。

此刻，对祐三来说，在过去与现在之间，横亘着一场战争。

祐三无意中产生的惊愕，当然是由于这场战争的缘故。

也可以说，战争本应埋葬掉的东西重又出现了，所以祐三才感到惊愕。杀戮，破坏，那样一场惊涛骇浪，竟然连男女私情这点小事都毁灭不掉！

祐三看到富士子还好端端地活着，如同发现自己还幸存一样。

他跟富士子已经决绝，就此也跟自己的过去诀别了。身处战乱之中，原想物我两忘。可天赋的生命，毕竟也只有一次而已。

祐三遇见富士子的那天，日本投降已有两个多月。那时节，时间这个概念似乎已丧失殆尽。国家与个人的过去、现在和未来，也都支离破碎，颠倒错乱，不成统属，许多人便在时间的旋涡里载沉载浮。

在镰仓车站下了车,祐三抬眼一望,看到若宫大路上一排排高大的松树,想见从树梢上逝去的岁月,觉得很和谐。住在战火洗劫过的东京,对这种自然景象常会视而不见。战时各地的松树接二连三地枯死,仿佛是国家的不祥之兆。可是这一带,路旁的树木大都活了下来。

有位住在镰仓的朋友,发来明信片说,鹤冈八幡宫要举行"文墨节",祐三就是来赴这个盛会的。办这次庆典,大概是着眼于源实朝[1]的文治,也意味着战神已经改变这个社会。这是一个和平的节日,前来参加的人已不再祈求什么武运长久和战争胜利之类了。

走到神社办事处前,祐三看到一群少女,穿着长袖和服,不觉眼目一新。当时一般人都还没有脱去防空服或难民装,相形之下,长袖和服这种华服盛装,就显得艳丽异常了。

当地的外国驻军也应邀参加庆典,和服少女就是

---

[1] 源实朝(1192—1219),镰仓幕府第三代将军诗人,所写和歌收入《金槐和歌集》。

给美国兵端茶送水来的。这些士兵在日本登陆以来，恐怕还是初次看到和服，所以新奇得连连拍照。

假如说，两三年前穿这种装束曾是日常风俗，连祐三都觉得有点儿难以置信。他给引进露天茶座的时候，禁不住赞叹起来：四周是一片褴褛，服色是那么灰暗；而这些少女服饰上所标榜的大胆，可谓达到了极致。在华服盛装的映衬下，她们的神情、举止也格外光彩动人。这也使得祐三豁然猛醒。

茶座设在树林子里，美国兵正正经经坐在神社里常见的长条白木桌旁，显出一脸的好奇。十来岁的小女孩，给他们端来了淡茶。衣服和举止，颇像是模特儿，使祐三联想起旧戏里的童角儿。

年纪大一些的少女，长长的和服袖子和隆起的腰带，显然令人觉得同现时代有点龃龉，不大调和。这些长得很好的良家姑娘，这样打扮，给人的印象，反倒更有种说不出的凄楚可怜。

和服的色彩和图案是这样花哨，如今看来未免有些粗俗鄙野。祐三不由得回想起战前的和服，工匠的手艺和穿着的趣味,现在竟沦落到如此地步。

等到同后来看到的舞衣一比,这种感触就益发深了。神社的舞殿里正在表演舞蹈。也许古色古香的舞衣是特制的,少女的和服是家常的,此时此刻,她们的盛装似乎格外值得一顾似的。她们不但体现了战前的风俗,而且连女性的生理特征也暴露无遗。舞衣料子好,色泽也沉稳。

浦安舞,狮子舞,静夫人舞,元禄赏花舞——这些业已衰亡的日本的丰姿,宛如笛声,流入祐三的心田。

招待席分设在左右两侧,外国驻军在一侧,祐三等人则坐在大银杏树覆盖下的西侧。银杏树的叶子,已经带些苍黄的样子。

普通观众席上的孩子,朝着招待席拥过来。他们衣着的寒碜,把少女们的长袖和服愈发衬托得像是泥淖中的花枝。

斜阳透过杉树梢,照在舞殿红漆大柱的柱脚上。

在元禄赏花舞这个节目里,仕女们从舞殿的台阶上走下来,同幽会的情人依依惜别。长裙曳地,拖在细沙尘土上。祐三看到这里，猝然间一股哀愁袭上心头。

棉和服浑圆的下摆，翻露出浓艳的绸里，依稀可见华美的内衣。这下摆如同日本美女的肌肤，也好似她们风流薄幸的命运，在泥地里拖曳而过，毫不足惜，实在令人心痛，又煞是优美动人。从那里荡漾出一缕冷艳的哀愁。

祐三觉得，神社的院内，宛如一道幽静的金屏风。

或许因为静夫人舞的舞姿是中世纪的，元禄赏花舞是晚近的，在战败后不久的今天，祐三看着这些舞蹈，觉得简直有股无法抵御的魅力。

就在他双眼紧盯着舞姿的视线里，闪进了富士子的面容。

祐三霍然一惊，刹那之间竟恍然若失。心里嘀咕了一下，遇见她该要尴尬了。可是，他并没有意识到富士子是活着的人，或是件什么东西，会对自己有所危害，所以，也就没有立即移开目光。

方才舞衣下摆所引发的感伤，因看到富士子而顿时消失得无影无踪。倒不是富士子给了他多么强烈的印象，这犹如一个昏迷的人，当意识恢复后看到映在眼帘里的第一个物象。也仿佛是生命和时间的洪流交汇处，漂浮着的一丁点东西一样。祐三内心的一角，赫然泛出一股肉体的温馨，一种同自家的一部分邂逅时的柔情。

富士子神情木然，眼光追随着舞姿。她没有发觉祐三。祐三看见了富士子，富士子却没有看见祐三，祐三觉得有些不可思议。尤其不可思议的，是两人相隔不到二三十步，刚才那一忽儿，却谁都没有看见谁。

祐三义无反顾，突然离座走过去，也许是有感于富士子那丧魂落魄的样子。

祐三冷不防在富士子的背上拍了一下，那劲头仿佛要唤醒一个昏迷过去的人似的。

"啊！"

富士子几乎要瘫软在那里，猛地又一挺身子站了起来。浑身瑟瑟发抖，甚至传到了祐三的手臂上。

"你一直平安无事吗？噢，吓了我一跳。你这一向好吗？"

富士子僵立着一动不动,可是祐三在感觉之间,却觉得她好像要贴近来让自己拥抱似的。

"你在哪儿来着?"

"什么?"

似乎是指刚才在哪儿看舞蹈,也像是问与她分手后战时在什么地方,而祐三听到的仅仅是富士子的声音。

几年来,祐三还是头一次听见这女人的声音。他忘记自己是在大庭广众之下同她邂逅相逢的了。

祐三看见富士子时的那种兴奋,又从富士子那里猛袭了过来。

方才祐三还提醒自己,和这女人重逢,无论在道德上抑或在实际生活中,终究还会发生纠葛,正如俗话说,不是冤家不聚头。但是,此刻祐三恍如越过一条鸿沟,又捡回了富士子。

所谓现实,仿佛是到达彼岸那个纯净世界的行为,同时又是解脱束缚的无牵无挂的现世。祐三从未经历过,往昔会这样突然成为现实。

连做梦也想不到,同富士子之间竟会再度品尝新婚之夜那种况味。

对于祐三，富士子丝毫没有嗔怨的样子。

"你还是老样子，一点也没变。"

"哪儿的话，变得厉害。"

"不，没变样，真的。"

富士子好像很动感情，所以祐三说：

"也许是吧。"

"打那儿以后……你一直在做什么呢？"

"打仗去了。"祐三像嘘出一口气似的说。

"别胡说了。你哪儿像打过仗的样子呀。"

旁边的人忍不住笑开了。富士子也笑了起来。那些人像怕打扰富士子似的，看到一对男女不期而会，谁都表现出一番好意，神情和悦。在这种氛围里，富士子禁不住要撒起娇来了。

祐三一时有些发窘，适才注意到富士子身上的那些变化，此刻看得更分明了。

原本娇小丰腴的她，现在显得十分消瘦。一对修长的眼睛，目光熠熠。从前那样淡淡的，有点发红的眉毛，描着黑里带红的眉墨，如今，既没描眉，脸上也只薄薄施了点胭脂，容颜憔悴不堪，颇少生气。雪白的肌肤，在脖颈处有点黯黑。这张不施脂粉的素脸，以及顺着颈项的曲线，直至胸口处，都蒙上了一层生的倦怠。一头细发也没梳成什么波浪形，脑袋的轮廓显得又小又不耐看。

只有一双眼睛，还强自忍着见到祐三的那份激动。

年龄的悬殊，已无须像以往那么介意了，不过坦然之中总有点不忍。可怪的是，那种青春特有的心灵的震颤，并未因之而消失。

"你没变样儿。"富士子又说了一遍。

祐三从人群里走出来。富士子一面打量着祐三的面容，一面随后跟了过来。

"你太太呢？"

"……"

"你太太呢？……平安吗？"

"嗯。"

"那太好了。小孩子也好吗？"

"嗯,都疏散了。"

"是吗?在哪儿?"

"在甲府乡下。"

"是吗?房子怎么样了?不要紧吧?"

"烧掉了。"

"噢,真的?我那儿的也给烧了。"

"唔,什么地方?"

"当然是东京了。"

"你一直在东京吗?"

"有什么办法呢?一个女人家,既无家可归,也没有落脚的地方。"

祐三打了个寒噤,步履突然有些踉跄。

"倒也不是贪恋东京舒适,仗打起来了,把心一横准备死,管他过什么日子,也不论自己怎么个情景,反正都无所谓。我身体倒还好。那个时候,谁还顾得上怜惜自己呢。"

"没回老家吗?"

"怎么能回去呢?"

语气是诘问式的,那原因还不是全在祐三吗。但也并无嗔怪之意,语调反是娇声娇气的。

祐三一不经心,竟触到了旧痛,自己也很恼怒。富士子似乎还处于麻木之中,祐三生怕她会醒悟过来。

对于自己的麻木,祐三也惊诧不已。战争那几年里,自己对富士子的责任和道义,一股脑儿全给抛到九霄云外了。

当初祐三之所以能同富士子分手,从多年的恶姻缘中脱身而出,想必就是借助战争这暴力的缘故。戚戚于男女间微末琐屑之事的良心,大概也早已掷弃在战争那股激流里了。

富士子是怎样穿过战争这条窄巷,如何生活过来的呢?如今祐三见到她,虽然心里扑通一跳,但说不定富士子已经忘怀得失,对祐三已无所怨恨了。

富士子的脸上,从前颇有点歇斯底里的神情,现在似乎消失殆尽了。可是她那双潮润的眼睛,祐三却不敢正眼瞧一下。

祐三从招待席后面的孩子群中挤出去,走到神社

正中的石阶,在第五六级石阶上坐了下来。富士子站在一旁,回头望着上面的神社说:

"人倒来了不少,却没有一个是来参拜的。"

"也没有向神社扔石头的。"

众人绕着舞殿,在石阶下的广场上围成一圈,正面的甬道都有些堵塞。直到昨天,他们谁也没有料到,在八幡宫舞殿举行的庆典里,居然能让元禄时代的仕女赏花舞和美国的军乐队同时登台演出。所以,不论是心情还是穿着打扮,压根儿就没有过节的准备。可是,从院内的杉树林里,到大牌楼对面的樱花林荫路,直至高高的松树下,看热闹的人络绎不绝,望着这光景,清澈悠远的秋色,格外沁人心脾。

"镰仓市没烧毁可真万幸。烧没烧毁大不一样呢。这树木,这景致,全然一派日本的情趣。小姑娘们的那副打扮,我看了简直吃了一惊呢。"

"那衣裳,你觉得怎么样?"

"乘电车挺不方便的。不过,我早先穿那种衣裳倒乘过电车,也在街上走过。"富士子俯视着祐三,在一旁坐下来。

"看到小姑娘穿上那样的衣服,心里挺高兴,觉得还是活着好。不过,再一想,浑浑噩噩地这么活下去,又挺伤心的。也不知自己将来会是怎样。"

"谁都如此。"祐三闪烁其词地这么说。

富士子穿了一条藏青碎白花的扎脚裤,是用男人的旧衣服改的。祐三记得自己也有一件碎白花衣服,和这很相似。

"家眷都在甲府,就你一个人在东京?"

"嗯。"

"真的?没什么不方便吗?"

"要说不方便,谁都一样。"

"那么说,我原先跟别人也一样来着?"

"……"

"你太太也跟别人一样,身体挺好?"

"嗯,大概是吧。"

"没受什么伤?"

"没有。"

"那好极了。先前躲警报时,我曾想,万一你太太有个三长两短,我倒平安无事,该怎么办好呢?那种事可太巧了,很巧,是不?"

祐三不禁一懔。富士子仍细声慢语地说:

"真是挺担心来着。尽管有时也自怨自艾,自身尚且难保,何苦要惦着你太太?真傻。可就是不放心。我一直想,等打完仗见到你,非把这份心思告诉你不可。我也想过,说归说,信不信由你。不知怎的,打仗那几年,常常会忘记自己,为别人祈福。"

听她这样说,有些情景祐三自己也想象得出。极端的自我牺牲与自我本位,自省与自满,兼爱与利己,道义与邪恶,麻木与兴奋,这种种情绪,何尝不是同样奇怪地交集于祐三身上。

也许富士子一方面巴望祐三的妻子遭不测,同时确又默祷他的妻子能平安无事。她没有意识到自己的坏心眼,只一味陶醉在另一半的善心里——这恐怕是她熬过战争,得过且过的一个办法。

富士子的口气是真诚的,修长的眼角里涌出了泪水。

"我觉得对你来说,太太比我要紧,所以就特别惦着她。"

富士子唠唠叨叨净讲太太的事,祐三当然也就牵念起妻子来了。

可是心里难免有些疑惑。祐三和家里人从没像战争年代那么相亲相爱过。他爱他的妻子,爱得几乎忘掉了富士子。妻子成了他切身的另一半。

然而,一见到富士子,祐三立刻觉得仿佛是同自我重逢了。而要忆起妻子来,还需费些工夫,做番努力。祐三看出自己心灵上的劳顿,觉得自己像是带着雏儿彷徨四顾的动物。

"见了你,我一时不知该求你点什么好。"

富士子的口气像要缠上身来的样子。

"哎,我求求你,听我说呀。不然,我生气啦。"

"……"

"你养活我吧。"

"什么?养活你……"

"要不了多久的。我一定安分守己,决不连累你。"

祐三终于沉下脸,望着富士子。

"你现在怎么过日子的?"

"总还能糊上口吧。可我不是为这个。我想改变一下生活,打算在你这儿开个头。"

"这哪里是开头,岂不是又倒回去了!"

"不是倒回去。你只要给我加把劲儿就行。到时我准马上自己离开你。照这样下去可不成,我非毁了自己不可。你就帮我一把吧,好吗?"

祐三也听不出,她这话里究竟哪些是真心话。简直像个巧妙的圈套,又像是诉苦。兵荒马乱时的弃妇,难道战后要从祐三这里摄取生的力量,准备重整旗鼓吗?

祐三遇见旧日的情妇,自己也没料到,竟恢复了一种生命感。莫非富士子看透了他这个弱点不成?不用富士子说,祐三也觉得,心中已然情牵于一线。难道竟要从自己的罪孽和无行中,才能意识到自家的生存吗?心情不免有些黯然,便惨然垂下了目光。

那边传来了人群的掌声。是外国驻军的军乐队入场。头戴钢盔,散漫地走上舞台。一共二十来个人。

当吹奏乐器齐声奏出头一个音符时,祐三顿时挺起胸来。豁然清醒,脑际一抹云翳已一扫而光。乐声清脆嘹亮,激荡人心。那种感触,就像软鞭儿掠过身上似的。听众的脸上也现出生气勃勃的样子。

此时,祐三对美国颇感惊讶,这是一个多么明朗的国家啊!

这种鲜明的感受,使祐三为之兴奋鼓舞,恢复了男人的豪爽大度,哪怕是对富士子这种女人,也不去计较什么得失了。

车过横滨,物影渐次淡薄起来,好像溶进了大地。四周已经暮色沉沉。

很长一个时期里,废墟上不时散发着刺鼻的焦臭味,现在虽然没有了,却经常是尘土飞扬。废墟上也有了秋意。

看着富士子那淡红的眉毛和纤细的头发,祐三蓦地想到"寒冬将临"这句话,自己反要拖上一个累赘,正是俗语所说"流年不利",只有苦笑而已。然而,废墟上四时的推移，令人触景生情，越发颓唐消沉，也就一切都听天由命了。

本来应在品川站下车，祐三故意坐过了站。

祐三已是四十一二的人了，多少也领悟到人生的苦恼和悲哀终会随着岁月而消逝，各种难题和纠葛也自会由时间来解决。任你狂呼挣扎也罢，默然袖手旁观也罢，结局总归是一样的。这种情况，祐三并非没有经历过。

不是连那么样的一场战争也过去了吗？

只不过比意想的要早罢了。就那场战争而论，四年的时间究竟是长是短，祐三虽然无从判断，但战争毕竟结束了。

上次祐三在战争中遗弃了富士子，这次也同样，虽则刚刚相逢，心里未尝不打算让时间的洪流把富士子冲走。那次是战争的狂飙吹散了两人，从而了结彼此的缘分。提起"了结"这个词儿，尽管祐三还有些激动，可是现在往往也能看出他自己的狡黠和自私。

不过，了结虽然使人痛快，而困惑于自私的打算，看来未始不更道德一些。即便如此,祐三仍不免心烦意乱。

"到新桥了,"富士子提醒说,"是去东京站吗?"

"唔,是的。"

也许富士子这时想起,从前他们两人常从新桥到银座去的情景。

祐三近来没去过银座。平时上班都是从品川站乘到东京站。

祐三心不在焉地问道:

"你去哪儿?"

"哪儿……你去哪儿,我就去哪儿。怎么了?"富士子神色有些不安。

"没什么,问你现在住在哪里。"

"哪儿有那么好的地方。还谈得上什么住处哩……"

"彼此都一样。"

"你现在带我去的地方,就是我的住处。"

"就算这样吧,那你一直在哪儿吃饭呢?"

"哪儿有像样的饭吃。"

"配给品是在什么地方领的?"

祐三好像动气了,富士子瞧着他的脸不做声了。

祐三疑心她不愿讲出住址。

祐三想起刚才经过品川站自己没吭声的事,便说:

"我现在寄住在朋友家里。"

"合住吗?"

"合住的合住。那位朋友租了一间六张席的房,暂时凑合挤挤。"

"不能再收留我一个吗?三重合住好不好?"

富士子有些死乞白赖的样子。

东京站的月台上有六个看护,戴着红十字,站在行李中间。祐三前后张望了一下,没见到有复员的士兵下车。

他来往品川站时,常常乘横须贺那条线,到这个月台往往能遇上一群群复员的士兵。有的与祐三从同一辆车上下来,有的是乘前一班车先到的,站在那里排队。

像这场战争,打到最后节节败退的时候,把许多士兵遗弃在远隔重洋的异乡客地,在他们生死存亡无人过问的情况下,国家便宣布了投降。这场败仗,恐怕也是历史上前所未有的。

从南洋群岛复员回来的人,在东京站下车,一个个都营养不良,甚至饿得濒临死亡的边缘。

看到这类复员兵,祐三心里每每有种莫名的悲伤。借此亦可做一番真诚的自省,也想净化一下自己的内心。的确,每次见到同样吃了败仗的同胞,祐三总是归心低首的。他们不同于东京家里贴邻而居的街坊,或是电车上萍水相逢的乘客,而好像是远方归来的纯朴的邻人,使人倍感亲切。

事实上,复员士兵的脸上,表情确是很纯朴的。

那或许是久病之后的病容也未可知。由于疲劳、饥饿和沮丧,显得衰弱,失魂落魄。脸上颧骨高耸,两眼深陷,脸色呈土灰,连做表情的气力都没有了。也许这就是一种虚脱状态。不过祐三觉得并不尽然。日本人战败后,样子还不至于虚脱到像外国人说的那么严重,同样,复员兵他们想必也会有股激情在心中起伏。他们吃过非人所能下咽的东西,做了非人所能办到的事,终于活着回国,他们自有一脉清纯之处。

担架旁站着佩戴红十字的护士,有的伤兵就地躺在月台的水门汀上。祐三一脚险些踩着一个伤兵的头,便从旁边绕了过去。那些伤兵目光很清亮,毫无恶意地望着外国驻军上下电车。

有一次祐三听见外国士兵低声说"very pure"[1],事后一想,觉得也可能是"very poor"[2],是自己听错了。

戴红十字的看护站在复员兵的旁边在张罗着,依现在来看,祐三觉得,她们比战时要美得多。这或许是同周围相对比照,一时的观感吧。

祐三从月台的阶梯走下来,朝着八重洲信步走去,等看到通道给一群朝鲜人堵住了才猛然想起来说:

"从正门出站吧。平时从后门走惯了,一时大意了。"说着便踅了回去。

---

1 很纯洁。

2 很可怜。

祐三常在这里看到一群群朝鲜人等车回国。因为月台上不让排队久等，他们便挤在楼梯下面。有的人靠在行李上，有的人铺着脏布和被子，蜷缩在过道上。有些行李是用绳子拴着的锅和水桶之类。有时就那么等着，通宵达旦。大多数人都扶老携幼，小孩子很难和日本孩子分别开来。其中大概也有嫁给朝鲜人的日本女人。偶尔也有人穿着崭新的朝鲜服，雪白的衣裤或粉红的上衣，挺惹人注目的。

这些人是要返回刚独立的祖国，但看起来像是逃难似的，大概战争难民也不在少数。

从那里走到八重洲的出口，就只见排队买票的日本人了。第二天售票，隔夜便得排队。祐三深夜回来，路过这里，常能看到排队的人蹲的蹲躺的躺，前头的便靠在桥桁上。桥脚下到处是粪便。是排队排过夜的人在那里便溺的。祐三上班走过这里总能看到，下雨天就只好从车道上绕行而过。

脑子里忽然想到天天看到的这些情景，祐三向出站口走去。

广场上的树木，叶子飒飒作响，晚霞淡淡地映照在丸大楼的侧面。

走到丸大楼前，一个十六七岁的少女，肮脏不堪，一只手拿着细长的糨糊瓶和短铅笔，兀立在楼前，身上穿一件旧衬衫，正身是红不红黄不黄，袖子是灰乎乎的。脚下拖着一双男人穿的又旧又大的木屐，那光景完全是沿路乞讨的流浪儿。只要有美军走过，她便紧跟上去打招呼。可是没有人肯正眼瞧她一下，谁的裤子若给她的手碰着了，便会不高兴地瞅她一眼，无言而冷漠地扬长而去。

祐三挺担心的，那糨糊会不会粘在人家的裤子上。

少女耸起一只肩膀，走路的架势连大木屐底都露了出来，蹒跚地穿过广场，孤零零地消失在幽暗的车站里。

"真作孽啊。"

富士子目送少女的背影说。

"是疯子吧？我还以为是讨饭的呢。"

"不知怎的，近来看见那种人，好像自己也迟早要变成那副样子，真不愿意呀……幸而遇见了你，可以不担这个心了。毕竟还是不死的好。只有活着才能见到你。"

"也只能这么想啦。大地震那次，我在神田，给压在房子底下一根柱子下面，差点儿给压死。"

"哦，我知道，你右边腰上还带着一块疤呢。你不是告诉过我的吗？"

"唔……那时我还在念中学。日本当时在全世界面前并没有被当成罪人看待。因为地震破坏虽大，到底只是一场天灾。"

"地震那年，我已经出生了吧？"

"出生了。"

"在乡下，什么也不知道。我要有孩子，也要等国内情况稍稍好转后再生。"

"那倒不必……照你刚才说，大灾大难，人才会变得更结实。这次打仗，我碰上的危险，就没有地震那次大。刹那间的天灾倒险些要了我的命。近来这一阵，连生孩子不是都满不在乎吗？什么顾虑也没有，说生便生。"

"倒也是……和你分手后，我常常想，你若是去打仗，倒真想有个孩子。所以，能这样活着见到你……那就什么时候生都可以。"说着富士子便把肩膀靠过来。

"往后也无所谓私生子不私生子了。"

"你说什么？"

祐三皱起了眉头，恍如踩空一个台阶，略微感到眩晕似的。

富士子说这话也许很认真。然而，祐三此刻发觉，在镰仓相遇以后，两人净说些生硬、干巴而又莫名其妙的话，他觉得很寒心。

方才祐三就怀疑，富士子那些露骨的话里，未必没有自己的盘算，然而她好像还木然不知，冒冒失失就一身扑了过来。

祐三也觉得，不论对富士子，还是对遇见她以后的自己，他据以判断事物的基础，似乎飘忽不定，很不牢靠。

乍见到富士子，虽也有些小算盘，怕重新陷入恶姻缘而不能自拔,可是这种自私的盘算一旦面临变为现实的时候,反不敢脚踏实地去付诸实行。

因为妻子疏散出去与他分开了,城市的一切秩序都已冰消瓦解,孑然一身的他,到处踯躅,只有这样得大自在、无牵无挂,才能贸然又捡回富士子。但话又说回来,祐三也是出于无奈,受本能的驱使,不得已才叫富士子给拴住了。

这是因为祐三把自己和自己的现实生活,全奉献给了战争,为此他着实陶醉了一番,在陶醉之中便走到了这一步。但是,他带富士子来这里的路上,使方才在八幡宫看到她恍如同自我重逢的错愕感受,竟像蒙上一层荫翳,受到毒害似的,心情很是郁悒不畅。

同战前的情妇重逢,使祐三重新套上了"往昔"的刑枷,而这段宿世姻缘,反变成对富士子的一腔怜念。

走到电车路前,是去日比谷公园呢,还是去银座,祐三颇为踌躇。公园就在附近,于是便走到公园门口。然而,公园也变得叫人吃惊。他们旋即又往回走。到了银座,夜幕已经四垂。

富士子既然不肯说出住处，祐三也就不便说要去她那里。或许她不是单身一个人。富士子也有些心虚的样儿，并不催促祐三去什么地方，只是耐着性子跟在后面。大火之后的废墟，行人稀少，一片漆黑，她也不说害怕。祐三不免焦灼起来。

筑地那边似乎还有些房子能住人，可是祐三不熟悉那一带，便漫无目的地向歌舞伎剧院方向走去。

祐三默默拐进一条小巷，走到背阴处。富士子慌忙跟了上来。

"你在这里稍微等一下。"

"不，怪害怕的。"

富士子站在身旁，贴得那么近，祐三几乎想用胳膊推开她。

断砖碎瓦在脚下绊来绊去，难以立脚。祐三面对着一堵墙，倏然发现，那墙宛如一道屏风，峭楞楞地立在那里。周围的房屋全烧塌了，唯独那堵墙还矗立不倒。

祐三有些毛骨悚然。黑夜里，墙像一排牙齿，鬼气森然，发出一股焦臭味，仿佛要将祐三吞掉似的。

墙头斜着削落了一片,黑暗愈显浓重逼人。

"有一次,我呀,要回乡下去。也是这么一个夜晚。在上野站排队……哎呀,猛一惊,用手摸摸身后,给弄湿了一片。"富士子屏住气说,"后面的人把我衣服弄脏了。"

"哼,准是贴得太近的缘故。"

"哪儿呀,不是那么回事。我吓得直哆嗦,就从排的队里走开了。男人真叫人害怕,那阵子常有这些事……噢,真怕人。"

富士子缩着肩膀蹲下来。

"那一定是病人。"

"战争里的难民。他们都有证明,房子给烧了,便流落到城里来。"

祐三转过身子,富士子还不想站起来,便说:

"排的队,从车站里一直排到外边漆黑的路上……"

"怎么样,走吧?"

"哎。我太累了。这么待着,就像要沉到黑暗的地底下似的。我一大早就出来了……"

富士子仿佛闭着眼睛。祐三站在一旁俯视着她。富士子恐怕连午饭都没吃过,祐三心里寻思着,嘴上却说:

"那边在盖房子。"

"哪儿?当真。这种地方怎么能住人,多害怕!"

"也许有人住了。"

"哎呀,怕人,真是怕人。"富士子叫了起来,拉着祐三的手站起身来。

"真讨厌,净吓人……"

"怕什么……地震那时候,常有人在这种临时搭起的木板房里幽会。不过,此刻倒确有些阴森可怕。"

"可不是。"

祐三没有松开富士子。

温软的肉体自有一股说不出的亲密,极其舒适惬意,甚至神妙得令人麻酥酥的。

倘使说这是同女人久别之后的一股激切之情,不如说是病后接近女身重又体味到的一缕柔情蜜意。

祐三的手摸到富士子的肩头,是嶙峋的瘦骨,靠在他胸脯上的是深重的疲劳。尽管如此,祐三依然觉出是同异性的重逢。

一种生意盎然的感情复苏了。

祐三从瓦砾堆上向木板房走去。

门窗地板似乎还未装上,走近房子时,脚下发出踏破薄木板的声音。

(一九四六年)

日本的美与我

——诺贝尔文学奖授奖仪式上的演说辞

春花秋月夏杜鹃

冬雪寂寂溢清寒

这首和歌,题为《本来面目》,为道元禅师[1]（1200—1253）所作。

冬月出云暂相伴

北风侵骨雪亦寒

---

[1] 镰仓（1192—1333）初期的禅僧,1223年入宋,受曹洞宗禅法和法衣回国,而后成为日本曹洞宗的开山祖师。

而这一首,则是明惠上人[1](1173—1232)的手笔。逢到别人索我题字,我曾书赠这两首和歌。

明惠的和歌前,冠有一段既长且详的序,像篇叙事诗,用以说明此诗的意境。

元仁元年(1224)十二月十二日夜,天阴月晦,入花殿坐禅。中宵禅毕,自峰顶禅堂返山下方丈。月出云间,清辉映雪。虽狼嗥谷中,有月为伴,亦何惧哉。入方丈顷,起身出房,见月复阴,隐入云端。恰闻夜半钟声,遂重登峰顶禅堂,月亦再度破云而出,一路相送。至峰顶,步入禅堂之际,月追云及,几欲隐于对山峰后,一似暗中与余相伴矣。

这篇序后,便是上面所引的和歌。和歌之后,作者接下去写道:

---

[1] 镰仓时代华严宗僧人。

抵峰顶禅堂，已见月斜山头。

登山入禅房，

明月亦相随。

愿此多情月，

夜夜将余陪。

明惠是彻夜在禅堂里，抑或是黎明时分重返禅堂，他未加以说明，只是写道：

坐禅之时，得闲启目，见晓月残光，照入窗前。余身处暗隅，心境澄明，似与月光融为一片，浑然不辨。

心光澄明照无际

月疑飞镜临霜地

西行[1]有"樱花诗人"之称，故也有人相应称明惠为

---

1 西行（1118—1190），平安朝末年诗僧。

"咏月歌者"。

> 月儿明明月儿明
> 明明月儿明明月

明惠此诗,全由一组感叹的音节连缀而成。至于那三首描写夜半至清晓的《冬月》,其意境,照西行的说法:"虽是咏歌,实非以为歌也。"诗风朴直、纯真,是对月倾谈的三十一音节。与其说他"以月为友",毋宁说"与月相亲";我看月而化为月,被我看的月化而为我,月我交融,同参造化,契合为一。所以,僧人坐在黎明前幽暗的禅堂里凝思静观,"心光澄明",晓月见了,简直要误认是自身泻溢的清辉了。

"冬月出云暂相伴"这首和歌,正如长序所说,是明惠在山上禅堂坐禅,参悟宗教与哲理,其心境与明月契合相通的诗。我之所以书录此诗,是因为据我体会,这首和歌写出了心灵的谐美和通达。冬月啊!你在云端里时隐时现,照耀我往返禅堂的脚步,所以狼嗥也不足畏；难道你不觉得风寒刺骨，雪光沁人吗？我认为这首诗，是对大自然，以及对人间的温暖、深情和慰藉的赞颂，也是表现日本人慈怜温爱的心灵之歌，所以，我才题字赠人的。

矢代幸雄博士以研究鲍蒂切里[1]而闻名于世，对古今东西方美术，学识渊博。他把"日本美术的特质"之一，概括成"雪月花时最怀友"这样一句诗。无论是雪之洁，月之明，也即四季各时之美，由于触景生情，中心感悟，或因审美会意而欣然自得，这时便会思友怀人，愿与朋侣分享此乐。也就是说，美者，动人至深，更能推己及人，诱发为对人的依恋。此处的"友"，广而言之是指"人"。而"雪""月""花"这三个字，则表现了四季推移，各时之美，在日文里是包含了山川草木，森罗万象，大自然的一切，兼及人的感情在内。这三个表现美的字眼，有其传统。即以日本的茶道而言，也是以"雪月花时最怀友"为其基本精神的。所

---

[1] 鲍蒂切里（Sandro Botticelli，约1445—1510），今译波提切利，意大利文艺复兴初期画家。

谓"茶会",也即"感会",是良辰美景、好友相聚的集会。——附带说一下,我的小说《千鹤》,倘若读后认为是写日本茶道的精神与形式之美,那便错了。这是一篇持否定态度的作品,针砭时下庸俗堕落的茶道,表示我的疑虑,并寓劝诫之意。

> 春花秋月夏杜鹃
> 冬雪寂寂溢清寒

道元的诗句,也是对四季之美的讴歌。诗人只是将自古以来日本人民对春夏秋冬四时之中最钟爱的四种景物随意排列起来,你可以认为,没有比这更普通、更平常、更一般的了,简直可说是不成其为诗的诗。但是,我再举出另一首古人的诗,与这首诗颇相似,是僧人良宽(1758—1831)的辞世诗。

> 试问何物堪留尘世间
> 唯此春花秋叶山杜鹃

渐渐地,她忘其所以,专心致志,上身竟遮住了棋盘。那头美得异乎寻常的黑发,简直要碰到我的胸脯。蓦地,她脸一红,说道:"对不起。要挨骂了。"

也许秋空过于明丽,朝阳初起的海上,反倒烟霞缥缈,仿佛春日。从这里到下田,要走四十里路。有一段路上,大海时隐时现。千代子悠然地唱起歌来。

走到码头,舞女蹲在海边的身影,一下闯入我的心扉。

直到轮船渐渐离去,舞女才扬起一件白色的东西。

比之老梅的寿命，人的生命何其短暂！

坐禅之时,得闲启目,见晓月残光,照入窗前。余身处暗隅,心境澄明,似与月光融为一片,浑然不辨。

这首诗与道元那首一样,也是普普通通的事,平平常常的字,与其说良宽是不假思索,毋宁说是有意为之的,在重叠之中表达出日本文明的真髓。更何况这是良宽的辞世诗呢。

漠漠烟霞春日永
嬉戏玩球陪稚童
暂伴清风和明月
为惜残年竟夕舞
非关超然避尘寰
平生只爱逍遥游

良宽的心情和生活,如同这些诗句所描述的,住草庵,穿粗衣,闲步野外,与孩童嬉游,和农夫谈天,不故作艰深语,奢谈深奥的宗教和文学,完全是一派"和颜温语"、高洁脱俗的言行。他的诗风和书法,均已超越江户后期,十八、十九世纪之交,日本前近代的习尚，臻于古典高雅的境界。直到现代，日本仍极其珍重其墨迹和诗歌。良宽的这首诗，表现的是一种辞世之情，自己没有什么值得留传下去的，也不想留下什么。自己死后，大自然只会更美，这才是自己留存世间唯一可资纪念的。这首诗凝聚了自古以来日本人的情愫，也可从中听到良宽那虔敬的心声。

久盼玉人翩然来
今朝相会复何求

良宽的诗作里，居然还有这样的情诗，而且也是我喜欢的一首。良宽到了六十八岁垂暮之年，得遇一位二十九岁的年轻女尼，深获芳心，成就一段良缘。这首诗既表达他结识一位永恒女性的喜悦，也写出他望空秋水、久候不至的情人姗姗而来时的欢欣。"今朝相会复何求"，这句诗充满了真挚朴素的情感。

良宽七十四岁圆寂。生在多雪之乡的越后，同我的小说《雪国》写的是一个地方，现在叫新潟县，地处内日本的北部,正好承受从西伯利亚横越日本海吹来的寒风。良宽的一生,便是在这样一个雪乡度过的。人已渐渐老去,自知死之将近,内心已趋彻悟之境。这位诗僧"临终的眼"里,想必也像他绝命诗中所写的那样,雪乡的大自然会更加瑰丽。我有一篇随笔,题为《临终的眼》。但此处"临终的眼"一语,是取自芥川龙之介(1892—1927)自杀时的遗书。芥川遗书中这句话于我铭感尤深:"大概逐渐失去了""所谓生活的力量"即"动物的本能"。

> 如今,我生活的世界,是像冰也似透明的、神经质的、病态的世界……我究竟要到何时才敢自杀呢?这是个疑问。唯有大自然,在我看来,比任何时候都美。你或许要笑我,既然深深喜爱这大自然之美,却又想要去自杀,岂不自相矛盾!殊不知,大自然之所以美,正是因为映在我这双临终的眼里之故。

一九二七年,芥川龙之介以三十五岁的英年自杀身死。我在《临终的眼》一文中曾说:"不论怎样厌世,自杀总归不是悟道的表现。不论德行如何高洁,自杀者距大圣之境,终究是遥远的。"我对芥川以及战后太宰治(1909—1948)辈的自杀,既不赞美,也不同情。但是,有位友人,日本先锋派画家之一,年纪轻轻便死去了,他也是很久以来就想要自杀的。他常说,没有比死更高的艺术,死即是生,几乎成了他的口头禅(见《临终的眼》)。依我看来,他生于佛教寺院,又毕业于佛教学校,对死的看法,与西方人的观点,自是有所不同。"有牵挂的人,大概是不会想到自杀的。"我因此想起那位一休禅师(1394—1481),他曾经两次企图自杀。

这里,我之所以要在一休之前加上"那位"两字,是因为在童话中,他作为一位聪明机智的和尚,已为孩童所熟悉。他那奔放无羁的古怪行径,已成逸闻广为流传。传说"稚童爬到他膝上摸弄胡子,野鸟停在他手上觅食啄粒"，是为无心[1]的终极境界。看上去他似乎是位和蔼可亲的和尚，其实，他是位极其严肃、禅法精深的僧人。据说一休是天皇之子，六岁入寺，一方面表现出一位少年诗人的天才，同时也为宗教和人生的根本问题苦恼不已。他曾说："如有神明，即请救我；倘若无神，沉我入湖底，葬身鱼腹！"就在他纵身投湖之顷，给人拦住了。后来还有一次，一休主持的大德寺里，有个僧徒自杀，致使僧众几人牵连入狱，这时，一休自感有责，"肩负重荷"，便入山绝食，决心一死。

一休把自己那本诗集，取名为《狂云集》，甚至以狂云为号。《狂云集》及其续集，以日本中世的汉诗而论，尤其作为一位禅僧的诗作而论，是无与伦比的，其中有令人瞠目结舌的情诗，露骨描写闺房秘事的艳诗。他饮酒茹荤，接近女色，完全逸出禅宗的清规戒律；大概是想从中自求解脱，以反抗当时僵化的宗教

---

[1] 禅宗主张"但能无心，便是究竟"，而"无心者，无一切心也。如如（真理）之体，内如木石，不动不摇，外如虚空，不塞不碍，无能所，无方所，无相貌，无得失"。见范文澜著：《中国通史简编》第三编第二册621页。

形式,要在因战乱而崩溃的世道人心中,恢复和树立人的存在和生命的本义。

一休当年寄迹的京都紫野大德寺,如今仍是茶道的胜地。他的墨迹供于茶室,作为挂轴,极为珍贵。一休的字画我也收藏了两幅。其中一幅写的是"佛界易入,魔界难进"。这句话,我颇有感触,也时常用以挥毫题字。其含义可作种种理解,若加深究,怕会永无止境。一休虽在"佛界易入"之后,加了"魔界难进"一句,但这位禅僧的话却深深打动了我的心。一个追求真善美的艺术家,对于"魔界难进",既有所憧憬,又感到恐惧,只好求神保佑。他这种意愿,或者表现出来,或者深藏心底,归根结蒂,想必也是命中注定的吧。没有"魔界",便没有"佛界"。要入"魔界",更为困难,意志薄弱的人是进不了的。

逢佛杀佛,逢祖杀祖。

这是一句广为人知的禅语。倘以"他力成佛"与

"自力成佛"来区分佛教宗派，那么，主张自力的禅宗，当然会持这样激烈的言辞。提倡他力成佛的真宗亲鸾[1]也曾说过："善人往生净土，何况于恶人耶。"这同一休"佛界""魔界"之说，意思上不无相通之处，但也有不同之点。他还说过，"无有一名弟子"。而"逢祖杀祖"，"无有一名弟子"——这恐怕也是艺术的严酷命运吧。

禅宗不以崇拜偶像为务。禅寺里虽然也供佛像，可是，在修习道行的场所和坐禅静虑的禅堂里，却既无佛像佛画，也无经卷释典，只是长时间闭目打坐，无思无念，灭"我"为"无"。这里的"无"，不是西方的虚无，而是天下万有得大自在的空，是无际涯无尽藏的心宇。当然，修习禅法，须法师传授，相与谈禅，以求开悟；并研读禅宗经典，但终须自己思索，靠自力开悟。同时，比起逻辑推理，更强调直观。与其求他

---

[1] 真宗亲鸾（1173—1262），日本佛教净土真宗的创始人。著有《教行信证》六卷、《净土文类聚钞》等。净土真宗与其他净土宗派所不同者，在于不重勤修念佛，而是强调坚执的信仰，提出即使是恶人，阿弥陀佛也要拯救，也可成佛，往生净土。

人教诲,毋宁靠自己悟道。其宗旨是"不立文字",而在"教外别传"。能做到维摩居士[1]所说的"默如雷",大概便是禅宗最上乘的境界了。相传中国禅宗始祖达摩大师"面壁九年",即面对石壁,静坐默想达九年之久,结果终于彻悟。禅宗所主张的禅定,即从这位达摩坐禅而来。

> 有问即答否便罢
> 达摩心中有万法(一休)

另外,一休还有一首道歌:

> 且问心灵为何物
> 恰似画中松涛声

这首诗同时也体现了东洋画的精神。东洋画中的空间意识、空白表现、省略笔法,大概正是这类水墨画的

---

1 维摩诘的简称,佛教菩萨名。

灵魂所在。"能画一枝风有声"(金冬心[1]),诚如斯言。

道元禅师也有类似的说法:"君不见,竹声中悟道,桃花中明心。"日本花道的插花名家池坊专应(1532—1554)曾"口授"说:"以涓滴之水,尺寸之树,呈江山数程之胜景,俱瞬息万变之佳兴,正可谓仙家之妙术也。"日本的庭园也是用以象征大自然的。西洋庭园多半营造匀整,相比之下,日本的大抵不够匀整。然而,恐怕正因为其不匀整,象征的含义才更加丰富而深广。当然,这种不匀整,赖有日本人纤细微妙的感觉得以保持均衡。试问哪种庭园营造法,能像日本庭园布局那么复杂、多趣、细致而难能?所谓"枯山水",是以岩石造像,这种"石砌法"能凭空白地表现出山川秀丽之景和波涛汹涌之状。此法凝缩的极致,见于日本的盆景、盆石。"山水"一词的含义,包含山与水(即自然景色)、山水画,也即风景画、庭园等等,同时也具有"古雅清寂""幽闲素朴"之意。然而,信守"和敬清寂"的茶道,尊崇的是"幽闲""古

---

[1] 金冬心(1687—1763),中国清代书画家兼诗人,著有《冬心先生集》。

雅",则更加蕴含心灵的丰富。茶室本极狭小、简朴,而寄寓的意思却无边深广、无上清丽。

一朵花,有时给人感觉比一百朵更美。利休也说过,插花不宜插盛开的花。所以,日本茶道至今在茶室壁龛里大抵只瓶插一枝,而且是含苞待放的一枝。倘若是冬天,便插冬令的花,譬如取名"白玉"和"佗助"的山茶花,是种花朵很小的品种,选其色白者,单插花蕾待放的一枝。无色的纯白,不仅最为清丽,也最富色彩。

再者,花蕾须带上露水,也即给花朵洒上几滴水珠。五月里,以青磁花瓶插牡丹,这是茶道的插花中,最雍容华贵的一式。所插的牡丹,仍须是带露水的一朵白花蕾。不仅花朵上宜洒几滴水珠,而且,插花用的瓷器,有不少也要事先淋上水。

日本的陶瓷花瓶中,古伊贺瓷(大约十五六世纪)要算最上乘而又最昂贵,淋上水后,才栩栩如生,色泽鲜妍光洁。伊贺瓷是用高温烧制的。柴火一烧,稻草灰或烟灰散落下来,沾在瓶胎上,或浮在上面,随着温度下降,便凝结在釉面上。这不是制陶工人人工所为,而是烧窑时自然成就的,所以,又可以称作"窑变",结果便烧出千姿百态的色彩花纹来。伊贺瓷这种素雅、粗糙而又遒劲的釉面上,一经洒上水,就显得莹润明洁,与花上的露珠交相辉映。茶碗在使用前,也先用水浸过,使之润泽,这已成茶道的惯例。池坊专应把"野山水边自多姿"(口传),作为他那一派插花之道的新精神。破损的花瓶,枯萎的枝头,无不见"花",这些东西上,都可由花来解悟。"古人皆由插花而悟道",于此可以见出,在禅宗的影响下,日本美的心灵的觉醒。恐怕也是日本人经过长期内乱,生活在一片荒芜之中的心境写照吧。

日本最古老的《伊势物语》(成于十世纪),是部叙事诗集,包含许多也可视为短篇小说的故事,其中有一则写道:

> 多情人于瓶中插珍奇紫藤花一株。花萼低垂,长达三尺六寸。

说的是，在原行平招待宾客时插花的故事。花萼垂下达三尺六寸的紫藤，确是珍卉奇草，甚至令人怀疑是否真有此花。不过，我觉得，这种紫藤象征了平安朝文化。紫藤具有日本式的优雅和女性的妩媚。低垂盛开，随着微风轻摇款摆，那一派风情，真是婀娜多姿，谦恭平和，不胜柔媚。在初夏一片翠绿之中，时隐时现，仿佛也知多情善感似的。那朵紫藤花萼，竟有三尺六寸长，想必会格外地艳丽呢。日本吸收中国唐代文化，善加融会贯通而铸就日本风格。大约在一千年前，便创造出光华灿烂的平安文化，形成日本的美，正像"珍奇的紫藤花"盛开一样，可以说是不同寻常的奇迹。当时已产生日本古典文学中最上乘的作品，诗歌方面有最早的敕选和歌集《古今集》（905），小说方面有《伊势物语》、紫式部（约978—约1016）的《源氏物语》、清少纳言（约966—1017，据现存资料，截至当年尚在世）的《枕草子》等，这些作品构成了日本的美学传统，影响乃至支配后来八百年间的日本文学。尤其是《源氏物语》,从古至今,始终是日本小说的顶峰,即便到了现代,还没有一部作品能与之比肩。早在十世纪,便已写出这部颇有现代风格的长篇小说,堪称世界奇迹,所以也享誉海外。我在少年时代,古文还不大懂的时候,即已开始阅读古典小说,大抵都是平安朝文学作品,其中,尤其是《源氏物语》深深铭刻在我心上。《源氏物语》以降几百年来,日本小说无不在憧憬、悉心模仿或改编这部名作。《源氏物语》的影响既深且广,和歌自不必说,就是美术工艺,直到林建筑,莫不从中寻取美的滋养。

紫式部和清少纳言,以及和泉式部(979—?)、赤染卫门(约957—1041)等著名诗人,都是入宫侍奉的女官。所以,平安文化,一般便认为是宫廷文化、女性文化,而产生《源氏物语》和《枕草子》的时期,是这一文化的鼎盛时期,或者说,从极盛转向衰颓的时期,此时已流露出盛极而衰的惆怅情绪。不过,那些作品仍可看作日本王朝文化的极致。

不久,王朝衰落,政权由公卿入于武士之手,是为镰仓时代（1192—1333）的开始；武家政治一直延续到明治元年（1868），将近七百年光景。然而，天皇制也罢，王朝文化也罢，并没有灭绝，镰仓初期的敕选和歌集《新古今集》(1205)，相较平安朝的《古今集》，技巧上和诗法上均有进一步的发展，虽不无文字游戏之嫌，却重视妖艳、幽玄的格调，讲究余韵，增进幻觉，与近代象征诗自有一脉相通之处。而西行法师（1118—1190），上承平安下接镰仓，是这两个时代的代表诗人。

> 夜夜长把君相忆　却喜梦里偶相会
> 若知醒后两分离　唯愿好梦留人睡

> 却道梦里寻君难　上天入地都行遍
> 何如缘情见君颜　怎得一面也心甘

以上是《古今集》里小野小町[1]的诗，虽然写的是

---

[1] 9世纪中期日本女诗人，六歌仙之一，诗风纤秾绮丽。

梦境，却又直接表现现实。到《新古今集》以后，又变成很微妙的写生：

> 群雀枝头闹　日影横竹梢
> 添得秋色浓　触目魂黯销
> 荻花洒满园　秋风侵身寒
> 夕阳影在壁　倏忽已黯淡

这是镰仓末期永福门院（1271—1342）[1]的诗，象征了日本纤细的哀愁。我觉得跟我的心境颇为相近。

无论写"冬雪寂寂溢清寒"的道元禅师，抑或是吟咏"冬月出云暂相伴"的明惠上人，大约都是《新古今集》时代的人。明惠同西行曾有过唱和，也论过诗。

> 西行法师常来晤谈，展读我诗，非同寻常。遣兴虽及于鲜花、杜鹃、明月、白雪，以及宇宙万

1　日本南北朝初年的女诗人，伏见天皇的中宫皇后。

物,然一切色相,充耳盈目,皆为虚妄。所吟咏之句,亦均非真言矣。咏花实非以为花,咏月亦非以为月,皆随缘遣兴而已。恰似彩虹横空,虚空有色;亦如白日映照,虚空明净。然虚空本无光,虚空亦无色。我心似此虚空,纵然风情万种,却是了无痕迹。此种诗乃如来之真形体。

(摘自弟子喜海所著《明惠传》)

这里恰好道及日本以至东方的"虚空"和"无"。有的评论家说,我的作品是虚无的。但西方的"虚无主义"一词,并不适宜。我认为,其根本精神是不同的。道元的四季诗也曾题为《本来面目》,虽然讴歌四季之美,其实富有深刻的禅宗哲理。

(一九六八年十二月)

附录:

川端康成年谱

1899年

6月14日 生于大阪。原籍为茨木市大字宿久庄,祖上历任该村村长。先祖川端道政,曾任宿久庄如意寺僧官。明治维新后,家道中落。外祖家亦为名门望族。其父,名荣吉,就读于东京医学校济生学舍,毕业后在大阪开业,同时习汉诗、文人画,身体羸弱。

1901年 两岁

1月17日 父因肺病辞世。

1902年　三岁

1月10日　母亦因肺病故去。川端康成由祖父母领养；姐姐芳子则寄养于姨母家，姨父秋冈义一当时为众议院议员。姐弟二人生活费，均由母亲在世时，寄存于姨父处的三千一百日元支出。

1906年　七岁

4月　入小学读书。因体弱多病，一、二年级时，经常缺课，上到五、六年级，缺席渐少，成绩全优。

9月9日　祖母病故。有关祖母的回忆，日后写成短篇小说《祖母》和《故园》等。

1909年　十岁

7月21日　姐姐芳子病死于姨父家。自三岁与姐姐分别后，只见过一面，姐姐死后，亦未能前去送葬。

1912年　十三岁

3月　小学毕业。

4月　以第一名的成绩考入大阪府立茨木中学。每天上学须走十来里路,加之该校重视体育锻炼,盛行劳动、游泳、长跑等运动,川端康成的体质也得以增强。小学时代喜欢绘画,立志要当画家。进入中学后,因大量阅读小说和文艺刊物,志趣改变,以小说家自期。

1914年　十五岁

5月25日　祖父亡故,自此,川端康成孤苦伶仃,寄人篱下,养成孤儿的乖僻性情和自卑性格。

当时写有《十六岁的日记》,记叙与双目失明的祖父相依为命,及祖父病中的种种情景。日后所写短篇小说《拣骨记》《送葬的名人》《给父母的信》《故园》《落花流水》中《灯笼》一节,对祖父均有描述,本年还将所作诗文《谷堂集》订成一册。

1915年　十六岁

1月　开始在校住宿。

喜欢白桦派作家,尤爱读武者小路实笃的小说。

此外还广泛阅读谷崎润一郎、德田秋声、陀思妥耶夫斯基、契诃夫、斯特林堡等人的作品,以及《源氏物语》《枕草子》等古典名著。这一时期,当作家的愿望更加强烈,开始向杂志投稿,但均未能发表。

1916年　十七岁

4月　升入中学五年级。为寝室室长,与同室二年级学生小笠原义人亲密异常,是为日后《少年》一作的题材。

秋天,将唯一的房产卖给本家亲戚,自此身无长物。

本年,在当地小报《京阪新报》上发表《给H中尉》等短篇小说。但向中央各大报刊的投稿,除一二首俳句外,了无下文,颇为失望。

12月　一向拟考庆应大学或早稻田大学,毕业前,突然改变主意,决定投考第一高等学校,以便升入东京帝国大学。

1917年　十八岁

3月　由茨木中学毕业。进京,寄身堂兄家。每周前往明治大学预备校听课,准备应试。常去浅草公园。

9月　考入第一高等学校英文专业。同学中有石浜金作、酒井真人、铃木彦次郎、三明永无等人。经表兄介绍,结识新进作家南部修太郎。

一高的三年,均在校寄宿。大量阅读俄国文学和芥川龙之介、志贺直哉的小说。

1918年　十九岁

10月末　初次去伊豆旅行,同一伙江湖艺人结伴而行。对十四岁的小舞女,抱以纯真美好的情谊。后据这段经历,写成《汤岛的回忆》。此后的十年间,几乎年年在汤岛的汤本馆度过大半年时间。

1919年　二十岁

6月　跟同学去白木屋饭馆,寻女侍盯梢,并以此为素材,写成小说《千代》,发表于一高《校友会杂志》。后来经常出入本乡爱兰咖啡馆,对女侍千代(本名伊藤初代)颇为倾心。

经同学介绍,与今东光(日后亦为作家)成为知交,并受到今东光父母的喜爱和照顾。

1920年 二十一岁

7月 由一高毕业,升入东京帝国大学文学院英文系。

秋 与石浜金作、今东光等人拟办同人刊物,拜访菊池宽,此后川端长期受其照拂,刊物得以沿用《新思潮》一名。

1921年 二十二岁

2月 《新思潮》出版,是为第六次复刊。发表《一项婚约》。

7月 《新思潮》第二期刊载短篇小说《招魂祭一景》,引起文坛注目,菊池宽、久米正雄等老作家给予好评,增强了创作的信心。

10月　爱兰咖啡馆的美少女千代，在上一年到了岐阜，川端康成在友人三明永无的陪同下，往访千代，与其订婚。当时千代只有十六岁。回京后，为筹备婚事，相商于菊池宽。菊池宽慷慨解囊。然而，一个月后，千代突然毁约，虽多方努力，终无可挽回，而千代亦去向不明。此事对川端康成伤巨痛深，长久难以平复。后来，将这次失恋，写成《南方的火》《篝火》《非常》《她的盛装》《暴力团的一夜》《海上火祭》等一系列小说。

11月　经菊池宽介绍，结识横光利一，成为终生挚友。

12月　《新潮》发表川端的第一篇评论《南部先生的风格》。

1922年　二十三岁

1月　为《时事新报》撰写"创作月评"，以评论家身份跻身文坛。

6月　由英文系转至国文系。

夏天，怀着失恋的伤痛，逗留汤岛，创作《汤岛的回忆》。日后又在此基础上，根据伊豆之行，寄托对小舞女的怀念，改写成《伊豆的舞女》这一文学史上的抒情名篇。

本年发表的主要作品：

翻译高尔斯华绥的《街道》、丹塞尼的《死的俄尔西斯》(《文章俱乐部》1月号)

翻译契诃夫的《看戏归来》(《文章俱乐部》2月号)

《一节》(《新思潮》3月号)

《里见弴先生的一种倾向》(《新思潮》1—8月号)

《论现代作家的文章》(《文章俱乐部》11月号)

1923年　二十四岁

1月　菊池宽创办《文艺春秋》。

2月　川端康成和横光利一等人被接纳为《文艺春秋》编辑同人。

9月　发生关东大地震。与今东光前去慰问芥川龙之介，并随同芥川巡视震后的废墟。

本年发表的主要作品：

《林金花的忧郁》(《文艺春秋》1月号)

《新春新人创作评》(《文艺春秋》2月号)

《文艺时评》(《新潮》2月号)

《评三月份的文坛创作》(《时事新报》3月)

《精灵祭》(《文艺春秋》4月号)

《男人、女人和板车》(《文章俱乐部》4月号)

《送葬的名人》(《文艺春秋》5月号)

《梳妆匣和市井小人》(《文艺春秋》6月号)

《七月份的小说》(《国民新闻》7月)

《南方之火》(《新思潮》7月号)

《文艺春秋的作家》(《文艺春秋》8月号)

《观看大火》《向阳》(《文艺春秋》11月号)

《新文章论》(《文章俱乐部》11月号)

《文艺时评——致评论会上诸位先生》(《新潮》11月号)

《遗书与魔鬼》(《时事新报》12月)

1924年　二十五岁

大学四年级时,学费来源断绝,开始自食其力。

3月　虽然学分不足,但在主任教授藤村作博士的照顾下,得以由东大国文系毕业。毕业论文为《日本小说史小论》,序章《关于日本小说史的研究》,刊载于《艺术解放》三月号上。

10月　与横光利一、片冈铁兵、今东光、石浜金作、中河与一等新进作家,创办同人刊物《文艺时代》。刊名的由来是川端康成认为今后的时代,将由文艺取代宗教,普救人类这一艺术至上的观点提出来的。他在发刊词中说:"我们的任务是革新文艺","是对自然主义最初的,也是正当的一个反动","是新作家对老作家的挑战,可说是破坏现有文坛的运动"。川端等人受到西方现代派思潮影响,追求新的表现方法,偏重直觉,重视主观感受,主张写出"新的感觉"。评论家千叶龟雄在《世纪》十一月号上发表《新感觉派的诞生》一文,从此,这批新进作家,被目为"新感觉派",同当年六月创刊的《文艺战线》的无产阶级文学派,形成日本现代文学史上两大文学潮流。

本年至一九二七年，川端相继写出《篝火》等一系列以千代为原型的自传性作品，同时也创作《头发》《港湾》《月亮》等超短篇小说。这些作品既有未来派、达达主义等外来影响，也有不受传统束缚的反俗精神，是川端为克服孤儿乖僻性格，压抑失恋伤痛，表达他向新天地奔突的意愿。这一年撰写的随笔、评论也颇多。

本年发表的主要作品：

《新春文坛的创作》（《都新闻》1月）

《月评家气焰》（《文艺春秋》3月号）

《关于日本小说史的研究》（《艺术解放》3月号）

《篝火》（《新小说》3月号）

《让年轻人奔放自如》（《新潮》4月号）

《评上月的独幕剧》（《文艺春秋》4月号）

《在空中闪动的灯》（《我观》5月号）

《读〈可诅咒的生存〉》（《文艺春秋》6月号）

《不是敌人》（《新潮》7月号）

《竞相开放的花》（《妇女界》7月号—1925年3月号）

《生命保险》(《文艺春秋》7月号)

《脆弱的器皿》《奔向火海的她》《锯与生产》(《现代文艺》9月号)

《评九月号杂志上的小说》(《时事新报》9月)

《蝗虫和铃虫》(《文章俱乐部》10月号)

《新生活与新文艺——代发刊词》(《文艺时代》10月号)

《〈文艺时代〉与〈文艺春秋〉》(《读卖新闻》10月)

《指环》《时钟》(《文坛》10月号)

《驹达杂记》(《文艺春秋》11月号)

《评十月份的戏剧》(《演剧新潮》11月号)

《思想与生活与小说》(《文艺时代》11月号)

《惊世天才白鸟》(《时事新报》11月)

《非常》(《文艺春秋》12月号)

《短篇集》(收有《头发》《月亮》等小小说,《文艺时代》12月号)

《自信》(《新潮》12月号)

《文艺时代》《文坛波动调》(《文艺时代》12月号)

《文艺寸言》(《时事新报》12月)

1925年 二十六岁

1月 《文艺时代》发表《关于新进作家的新倾向解说》一文,表明"新感觉派"的创作主张:"没有新的表现,便没有新的文艺;没有新的表现,便没有新的内容。而没有新的感觉,则没有新的表现。"

这一时期,对心灵学发生兴趣,其作品也带有某些神秘的意味。此后的两年多里,长期逗留于伊豆的汤岛。

本年发表的主要作品:

《我的事》(《文章俱乐部》1月号)

《论文坛文学》(《新潮》1月号)

《新进作家的新倾向解说》(《文艺时代》1月号)

《落日》(《文艺时代》2月号)

《落叶与父母》(后改题为《孤儿的感情》,《新潮》2月号)

《为新感觉派一辩》(《新潮》3月号)

《汤岛温泉》(《文艺春秋》3月号)

《蛙往生·骑驴的妻子》(《文艺时代》3月号)

《评各杂志的创作》(《文艺时代》4月号)

《诡辩：答诸家问》(《万朝报》4月)

《屋檐下的贞操》(《文艺日本》4月号)

《温泉通信》(《文艺春秋》5月号)

《人的脚步声》(《女性》6月号)

《评五月的戏剧》(《演剧新潮》6月号)

《燕子》(《妇女公论》6月号)

《十七岁的日记》(《文艺春秋》8、9月号，后改名为《十六岁的日记》)

《蓝的海·黑的海》(《文艺时代》8月号)

《伊豆少女》(《妇女公论》8月号)

《〈午前的凶杀〉我见》(《文艺时代》9月号)

《初秋之旅通信》(《文艺时代》10月号)

《初秋山间空想》(《文艺春秋》11月号)

《第二短篇集》(收有《阿信地藏》等小小说，《文艺时代》11月号)

《明天的约会》(《文艺思潮》12月号)

《白色的满月》(《新小说》12月号)

《丙午女儿赞及其他》《十四年的匿名信》(《文艺时代》12月号)

《第三短篇集》(收有《谢谢》《万岁》等小小说,《文艺春秋》12月号)

1926年 二十七岁

4月 与横光利一等人组织新感觉派电影联盟。川端的脚本《疯狂的一页》搬上银幕,被推选为当年的优秀影片之一。因放映效果不佳,联盟解散。

6月 金星堂出版社将其超短篇小说辑录成书,出版处女集《感情的装饰》。

嗣后,与秀子女士开始共同生活。

本年发表的主要作品:

《伊豆的舞女》(《文艺时代》1、2月号)

《超短篇小说的流行》(《文艺春秋》1月号)

《南伊豆之行》(《文艺时代》2月号)

《白鞋》(《文章往来》3月号,后改为《夏天的鞋》)

《关于表现》(《文艺时代》3月号)

《麻雀做媒》(《街头马车》4月号)

《第四短篇集》(收有《殉情》等小小说,《文艺春秋》4月号)

《灵柩车》(《战车》4月号)

《瞭望春天的近视眼镜》(《朝日周刊》4月)

《文科大学插曲》(《女性》5月号)

《入京日记——身边杂记》(《文艺时代》5月号)

《横光利一杂感》(《新潮》6月号)

《婚礼和葬礼》(《新小说》7月号)

《一流人物》(《文艺春秋》7月号)

《一个人的幸福》(《青草》7月号)

《静静的雨》(《文章往来》8月号)

《论文坛现状》(《文艺春秋》8月号)

《屋上的金鱼》(《文艺时代》8月号)

《祖母》(《文艺时代》9月号)

《大黑像和轿子》(《文艺春秋》9月号)

《她的盛装》(《新小说》9月号)

《牺牲的新娘》(《青草》10月号)

《五月之幻影》(《近代风景》12月号)

《回忆樋口一叶》(《青草》12月号)

1927年 二十八岁

3月 第二部作品集《伊豆的舞女》由金星堂出版。

5月 《文艺时代》停刊。这一时期,无产阶级文学蓬勃发展,片冈铁兵、今东光等许多友人开始左倾。

6月 随同菊池宽等人前往东北地区,发表讲演。

11月 暂住热海温泉鸟尾庄。

本年发表的主要作品:

《怪谈集——〈女人〉〈可怕的爱〉〈历史〉》(《文艺时代》1月号)

《招魂祭一景》《关于〈招魂祭一景〉》(《文艺时代》2月号)

《仓木先生的葬礼》(《国王》3月号)

《梅花的雄蕊》(《文艺时代》4月号)

《柳绿花红》(《文艺时代》5月号,后与《梅花的雄蕊》合并,改写为《春天的景色》)

《〈伊豆的舞女〉的装帧及其他》(《文艺春秋5月号》)

《第五短篇集》(收有《马美人》等小小说,《文艺春秋》5月号)

《骏河小姐》(《青草》5月号)

《暴力团的一夜》(《太阳》5月号,后改名为《霰》)

《进京记》(《手帖》5月号)

《结婚之谜》(《读卖新闻》5月)

《伊豆的印象》(《文艺春秋》6月号)

《西国纪行》(《改造》8月号)

《神骨·扒手的故事》(《文艺公论》8月号)

《围棋》(《手帖》8月号)

《独身俱乐部》(《东京朝日新闻》8月)

《四摄影棚的门》(《电影时代》8月号)

《犬》(《创作时代》9月号)

《海上火祭》(《中外商业新报》8月13日—12月24日)

《蔷薇的幽灵》(《少女世界》10月号)

《音乐奇谭》(《文艺俱乐部》10月号)

《关于超短篇小说》(《创作新时代》11月号)

1928年 二十九岁

3月15日 对日共进行大搜捕,翌日,林房雄、村山知义至热海,暂避于川端家。

5月 迁居大森,同住在附近的尾崎士郎、宇野千代、萩原朔太郎、广津和郎等作家交往频繁。

本年发表的主要作品:

《片冈·横光等人的立场——年初文坛时评》(《文艺春秋》1月号)

《烧门松》(《创作月刊》1月号)

《盲人与少女》(《朝日新闻》2月)

《山茶花》(《创作月刊》3月号)

《保护色的希望》(《每日周刊》3月)

《诗与散文》(《青草》4月号)

《母语的祈祷》(《文章俱乐部》5月号)

《死者的书》(《文艺春秋》5月号)

《空屋》(《创作月刊》6月号)

《故乡》《母亲的眼睛》(《时事新报》6月)

《三等候车室》(《1928》7月号)

《温泉女风采》(《妇女公论》8月号)

《打人的孩子》(《创作月刊》9月号)

《武打演员的长相》(《电影与曲艺》9月号)

《永远是新作家的铁兵》(《新潮》10月号)

《犬养健氏》(《文艺春秋》11月号)

《若山牧水和汤岛温泉、村山知义和热海》(《每日周刊》11月)

《毒药轮舞》(《文艺俱乐部》12月号)

1929年　三十岁

4月　加入《近代生活》同人。

9月　由大森迁居至上野,常去浅草取材。

10月　第一书房创办《文学》,与堀辰雄、横光利一、永井龙男、犬养健等人为该刊同人。

12月　《文学时代》在"谈我的丈夫"一栏中,刊载川端秀子夫人的《他有一双锐利的眼睛……》。

这一年,艺术派作家同无产阶级文学派作家间,就形式主义文学问题展开争论,川端虽未直接介入,但在《文艺杂谈》一文中,提出"文学上左倾"并非"政治上左倾",表明其艺术应革新的主张。

本年发表的主要作品:

《海山叙景诗》(《新潮》1月号)

《黑牡丹》(《时事新报》1月)

《芥川龙之介和吉原》(《每日周刊》1月)

《伊豆温泉记》(《改造》2月号)

《我的七个信条》(《文章俱乐部》2月号)

《横光和十一谷》(《新潮》2月号)

《美丽的坟墓》(《新潮》3月号)

《班长的侦探》《日本人安娜》(《少年俱乐部》3月号)

《桔康哉》(《近代生活》4月号）

《杂谈》(《创作月刊》4月号）

《尸体介绍人》(4月—1930年8月，由《文艺春秋》等刊发表）

《雪隐成佛》(《没落时代》4月号）

《新娘子的风采》(《青草》4月号）

《五月手记》(《新潮》5月号）

《如何看待形式主义文学理论》(《文艺评论》5月号）

《离婚后的孩子》(《新潮》6月号）

《伊豆天城》(《朝日周刊》6月）

《地方狩猎》(《青草》6月号）

《六月创作评》(《时事新报》6月）

《逗子·镰仓》《都会手记》(《文学时代》7月号）

《伊香保断章》(《皿》8月号）

《显微镜怪谈》(《文艺春秋》8月号）

《新人才华》(《新潮》9月号）

《关于她们》(《文艺时代》9月号）

《寺内大尉夫人的殉死事件》(《每日新闻》9月）

《一种诗风》(《文艺春秋》10月号)

《温泉旅馆》(10月—1930年3月,由《改造》《文艺春秋》等发表)

《文艺杂谈》(《帝国大学新闻》10月)

《文艺时代其时》(《青草》10月号)

《片冈铁兵的生活》《林房雄的作品》(《新潮》11月号)

《围棋成绩表》(《近代生活》11月号)

《到上野樱木町去》(《文学时代》11月号)

《电影观后感》(《新潮》11、12月号)

《谎言与反面》(《文学时代》12月号)

《浅草红团》(12月—1930年9月,由《东京朝日新闻》《改造》《新潮》发表)

1930年　三十一岁

菊池宽任文化学院院长,川端应聘为讲师,每周授课一次。

6月　藏原惟人偷渡苏联之前,得到川端庇护。

加入中村武罗夫等人组织的"十三人俱乐部",与新兴艺术派作家交往。这一时期,文坛盛行新心理主义文学。"新感觉派"重在外部描写,表现刹那感觉、瞬间印象,而新心理主义文学则转向以内心独白、意识流等手法,刻画人物深层心理。川端康成创作中的虚无倾向愈见加重。常去浅草公园,并开始饲鸟养狗。

本年发表的主要作品:

《作家和作品》(《文学》1月号)

《龙胆寺雄》《池谷信三郎》《关于迷惑和技术》(《新潮》1月号)

《从绘画的趣味谈起》(《青草》1—6月号)

《望远镜与电话》(《新潮》2月号)

《走马灯式的文论》(《改造》2月号)

《有花的照片》(《文学时代》4月号)

《我的标本室》(收有超短篇小说47篇,新潮社4月出版)

《浅草》(收入《日本地理大系》,改造社4月出版)

《〈鬼熊〉之死与舞女》(《改造》5月号)

《鸡和舞女》(《文学时代》5月号)

《新兴艺术派的作品》(《文学时代》6月号)

《新人才华》(《新潮》6月号)

《作家和作品》(《作品》7月号)

《关于风铃王在美国》(《中央公论》7月号)

《仲夏的盛装》(《朝日周刊》7月)

《文坛散见》(《文艺春秋》9月号)

《文艺时评》(《读卖新闻》9月)

《新声》(《文学时代》10月号)

《评九月份的作品》(《新潮》10月号)

《针、玻璃与雾》(《文学时代》11月号)

《昭和五年的艺术派作家及作品》(《新潮》12月号)

1931年　三十二岁

1月　《改造》杂志发表《水晶幻想》,是川端采用意识流手法写的新心理主义作品。

9月　九一八事变爆发。

本年发表的主要作品:

《浅草日记》(《朝日周刊》1月,《新潮》2月号)

《雾的假花》(《妇女俱乐部》2月号)

《秘密的秘密》(《讲谈俱乐部》2月号)

《伊豆序说》(《日本地理大系》,改造社2月出版)

《出卖女人的女人》(《每日周刊》3月)

《二月份创作的印象》(《近代生活》3月号)

《艺术派·明日的作家》(《读卖新闻》4月)

《文艺时评》(《朝日新闻》5月)

《上野之春》(《改造》5月号)

《狗的时髦》(《近代生活》5月号)

《铁的梯子》(《青草》8月号)

《代序·信》(《梶野弗利歌舞团脚本集》,内外社9月出版)

《水仙》(《新潮》10月号)

《文艺时评》(《中央公论》10月号)

《梶野弗利歌舞团的纠纷》(《近代生活》10月号)

《结婚的技巧》(《妇女画报》11月号)

《落叶》(《改造》12月号)

《1931年创作界的印象》(《新潮》12月号)

1932年　三十三岁

为将舞女梅园龙子培养为芭蕾舞演员,时时观看舞蹈演出,为日后创作《花的圆舞曲》等作品,积累素材。

本年发表的主要作品:

《旅人》(《新潮》1月号)

《给父母的信》(1月—1934年1月,《青草》《文艺》等发表)

《菊池宽先生的家》(《文艺春秋》1月号,该社十周年纪念专刊)

《抒情歌》(《中央公论》2月号)

《睡眠时的习惯》(《妇女画报》2月号)

《我犬记》(《改造》2月号)

《以作品为线索》(《新潮》2月号)

《菊池宽先生的〈胜负〉和直木三十五先生的〈青春行状记〉》(《读卖新闻》2月)

《陌生的姐姐》(《现代》3月号)

《爱情之源》(《妇女画报》3月号)

《文艺时评》(《改造》3月号)

《短篇集》(收有《化妆》《面孔》等小小说,《文艺春秋》4月号)

《文艺时评》(《朝日新闻》4—5月)

《结婚的眼》(《妇女世界》4月号)

《舞会之夜》(《新潮》5月号)

《浅草的八哥》(《摩登日本》6—12月)

《藏起来的女人》(《新潮》8月号,1934年1月号)

《文艺时评》(《读卖新闻》8月)

《化妆与口哨》(《东京朝日新闻》9—11月)

《慰灵歌》(《改造》10月号)

《文艺时评》(《新潮》10月号)

《文艺时评》(《读卖新闻》11月)

1933年　三十四岁

2月　《伊豆的舞女》搬上银幕。

2月20日　小林多喜二被捕,受酷刑拷打致死。

无产阶级文学运动遭到破坏。

10月 《文学界》创刊,川端为编辑同人。

本年发表的主要作品:

《我的舞姬记》(《改造》1月号)

《二十岁》(《改造》2月号)

《爱犬家须知》(《妇女世界》3月号)

《睡容》(《文艺春秋》4月号)

《致新进作家的信》(《读卖新闻》4月)

《做父亲》(《朝日周刊》4月)

《〈伊豆的舞女〉搬上银幕之际》(《今日文学》4月号)

《同作家旅行》(《青草》5月号,《黄道》5月号)

《自由主义作品一例》(《文化集团》6月号)

《文艺时评》(《新潮》6—7月号)

《禽兽》(《改造》7月号)

《上总兴津抄》(《文艺首都》10月号)

《秋风中的妻子》(《朝日周刊》10月)

《香消玉殒》(《改造》11月号)

《文艺时评》(《读卖新闻》11月)

《日本犬和蹩脚货》(《文学界》11—12月号)

《临终的眼》(《文艺》12月号)

1934年　三十五岁

1月　警保局长松本学发起成立右翼团体"文艺恳谈会",企图由官房统制文化界,颇遭物议。川端康成同横光利一、德田秋声、广津和郎、宇野浩二、岛崎藤村、佐藤春夫、山本有三等二十二名作家入会。

8月　收到爱好文学的麻风病患者北条民雄的信,此后时有书信来往。将其作品《间木老人》《生命的初夜》推荐给《文学界》发表。一九三七年北条民雄去世后,川端于一九三八年为其编辑全集二卷。一九四一年创作的小说《寒风》即写北条民雄的事迹。

12月　去越后旅行。开始执笔创作《雪国》。

本年发表的主要作品:

《何谓文艺复兴》(《报知新闻》1月)

《梦幻的姐姐》(《朝日周刊》1月)

《池谷信三郎素描》(《帝国大学新闻》1月)

《文艺时评》(《改造》2月号)

《面容开朗的死》(《文艺春秋》2月号,亦名《悼念池谷信三郎》)

《虹》(3月—1936年4月,《中央公论》《文艺》等刊发)

《关于新作家》(《读书新闻》3月)

《广告照片》(《朝日周刊》4月)

《文学自叙传》(《新潮》5月号)

《直木三十五》(《文艺》5月号)

《作家和作品》(《中央公论》6月号)

《舞蹈界我见》(《舞台舞蹈》春季版)

《南方的火》(《文学界》7月号,未完)

《今日之作家》(《改造》7月号)

《俗论》(《时事新报》7月)

《故乡的舞蹈》(《朝日周刊》7月号)

《文艺时评》(《东京日日新闻》7月)

《水上情死》(《摩登日本》8—12月号)

《矢田津世子》(《文学界》8月号)

《浅草祭》(《文艺》9月—1935年2月号,《文学界》1935年3月号)

《梶井基次郎》(《翰林》9月号)

《扉》(《改造》10月号)

《文艺时评》(《朝日新闻》9月)

《文艺时评》(《行动》10月号)

《朝鲜舞蹈家崔承喜》(《文艺》11月号)

《姐姐的和解》(《妇女俱乐部》12月号)

《关于〈转陀螺〉》(《读卖新闻》12月)

1935年　三十六岁

1月　《文艺春秋》设立芥川奖与直木奖,川端为评奖委员。

《雪国》作为独立的短篇,开始分别刊载于各大报刊。《暮景中的镜子》发表于《文艺春秋》1月号,《白色的晨镜》由《改造》1月号发表,《徒劳》则登在《日本评论》12月号上。小说获得好评。

秋　为续写《雪国》,第三次前往越后。

12月　迁居镰仓,为其终生定居之地。

《浅草的姐妹》《舞姬之历》搬上银幕。

本年发表的主要作品:

《偶人出世》(《现代》1月号)

《横光利一》(《行动》1月号)

《二黑》(《中央公论》1月号)

《爱犬安产》(《东京日日新闻》1月)

《舞姬之历》(1—3月,《福冈日日新闻》《河北新报》等连载)

《选后有感》(《橄榄树》2月号)

《文艺时评》(《新潮》2、3月号)

《文艺杂感》(《读卖新闻》4月)

《乡间计》(《中央公论》5月号)

《文艺时评》(《文艺春秋》6—12月号)

《纯粹的声音》(《妇女公论》7月号)

《"纯粹小说"和通俗小说》(《新潮》7月号)

《小鸟的趣味》(《报知新闻》8月)

《致女作家的信》(《文艺》8月号)

《文艺的叛逆》(《文艺》9月号)

《同成濑巳喜男导演问答记》(《读卖新闻》10月)

《就芥川奖致太宰治》(《文艺通信》11月号)

《旅行中读文学作品有感》(《东京朝日新闻》11月)

《纯文艺杂志还原论》(《读卖新闻》12月)

《弟弟的爱犬》(《少女俱乐部》12月号)

《文艺时评》(《中外商业新报》12月)

1936年 三十七岁

1月 《文艺恳谈会》创刊,为该刊同人。

5月 为《文艺恳谈会》编辑《日本古典文艺与现代文艺》专刊。

这一年设立了新潮文学奖和池谷信三郎奖,川端为两项奖评选人之一。

小说《谢谢》拍成电影。

本年发表的主要作品:

《紫外线杂谈》(《文艺恳谈会》1月号)

《意大利之歌》(《改造》1月号)

《有感于斯》(《文艺春秋》1月号)

《自我小说的文艺批评》(《文学界》1、2月号)

《花的湖》(《青草》1—6月号)

《关于文学界奖》(《读卖新闻》1月)

《北条民雄》(《大阪朝日新闻》2月)

《关于〈谢谢〉制成影片》(《文艺通信》3月号)

《花的圆舞曲》(《改造》4、5月号,《文学界》7月号,《文艺》1937年1月号)

《关于〈仙鹤病了〉的作者》(《文学界》6月号)

《小说研究》(《新思想艺术丛书》,第一书房8月出版)

《茅草花》(《中央公论》8月号,《雪国》续)

《悼念南部修太郎》(《三田文学》8月号)

《芥川奖预选记》(《文学界》9月号)

《火枕》(《文艺春秋》10月号,《雪国》续)

《父母》(《改造》10月号)

《日本文化的现状》《轻井泽通信》(《文学界》10

月号)

《日本旅愁》(《东京朝日新闻》11月)

《兑换钞票的日子》(《文学界》11月号)

《夕晖少女》(《333》12月号)

《平稳温泉通信》(《文学界》12月号)

《女性开眼》(《报知新闻》12月—1937年7月)

1937年　三十八岁

5月　《雪国》连载过程中,报刊上发表的有关评论,由创元社辑录成小册子《关于〈雪国〉的各家评论》。

6月　《雪国》经补充修订,由创元社出版。

7月　《雪国》获文艺恳谈会奖。所获奖金,在轻井泽购置别墅一幢。此后每年夏均在轻井泽避暑,因此而创作了《牧歌》《高原》等。

在文化学院暑期讲座发表演讲,题为《文学》。

日本发动全面侵华战争。

本年发表的主要作品:

《初雪》(《朝日周刊》1月)

《北条民雄的〈生命的初夜〉跋》《中岛直人的〈夏威夷的故事〉序》(《文学界》1月号)

《拍球歌》(《改造》5月号,《雪国》续)

《日本舞之日》(《文学界》5月号)

《十一谷义三郎》(《中央公论》5月号)

《少女的港》(《少女之友》6月—1938年3月)

《牧歌》(《妇女公论》6月—1938年12月)

《镰仓的阿尔卑斯山》(《东京朝日新闻》神奈川版,7月)

《山中湖畔》(《野鸟》8月号)

《高原》(11月—1939年12月,《文艺春秋》《改造》等刊载)

《在户隐山》(《文学界》11月号)

《评长篇小说》(《朝日新闻》12月)

1938年　三十九岁

4月　《川端康成选集》全九卷由改造社出版,至1939年12月出齐。

6—12月　观看围棋国手秀哉棋坛告别赛，将其观感写成《名人棋坛告别赛观战记》，由《东京日日新闻》《大阪每日新闻》连载。而后几经改写而为小说《名人》。

10月　任日本文学振兴会理事。

本年发表的主要作品：

《插花》(《中央公论》1月号)

《追悼记序》(《文学界》2月号，悼念北条民雄专辑)

《新万叶集》(《东京朝日新闻》2月)

《人间的星》(《三十日》2月号)

《关于北条民雄的遗稿》(《文学界》3月号)

《金块》(《改造》4月号)

《本因坊秀哉名人棋坛告别赛观战记》(《东京日日新闻》《大阪每日新闻》7—12月)

《爱》(《大众读物》9月号，《新女苑》1939年1月号)

《文艺时评》(《朝日新闻》9、11月)

《我写围棋观战记》(《文学界》10月号)

《百日堂先生》(《文艺春秋》10月号)

1939年　四十岁

2月　任菊池宽奖评选委员。

5月　与大宅壮一、坪田让治等组织少年文学恳谈会。为编选《模范作文全集》，大量阅读小学生作文。

冬　住在热海。

《女性开眼》拍成电影。

本年发表的主要作品：

《故人之园》(《大陆》2月号)

《木曾马笼》(《新风土》2月号)

《观战记》(《木谷·吴三轮大棋战》,《东京日日新闻》2—3月)

《花菖蒲》(《东京日日新闻》3月)

《冈本香乃子》(《文学界》4月号、《日本评论》7月号)

《美丽的旅行》(《少女之友》7月—1941年4月)

《关于作文》(《文学界》8月号)

《美人竞争》(《大众读物》10月号)

《母亲也能读》(《文艺》10月号—1940年1月号)

1940年　四十一岁

1月　为写《美丽的旅行》参观聋哑学校。

10月　发起成立日本文学家会。

为写《旅行的诱惑》，前往三岛、兴津、静冈等地旅行。

本年发表的主要作品：

《正月初三》(《中央公论》1月号)

《旅店》(《文艺春秋》1月号)

《母亲的初恋》(《妇女公论》1月号)

《女人的梦》(《妇女公论》2月号)

《关于冈本香乃子的〈女体开显〉》(《日本评论》2月号)

《恶妻的信》(《妇女公论》3月号)

《午夜掷骰子》(《妇女公论》5月号)

《燕子童女》(《妇女公论》6月号)

《夫唱妇随》(《妇女公论》7月号)

《山雀》(《文艺春秋》7月号)

《旅途通信》(《文学界》7月号)

《四张桌子》(《读卖新闻》7月)

《一个孩子》(《妇女公论》8月号)

《过去的人》(《妇女公论》11月号)

《岁暮》(《妇女公论》12月号)

《雪中大火》(《公论》12月号,《雪国》续)

《秋山居》(《大众读物》12月号)

1941年 四十二岁

4月 应《满洲日日新闻》邀请,与吴清源、村松梢风同来中国东北旅行一个半月。在哈尔滨与一行人分手,经承德入北京。

9月 应关东军邀请,同改造社社长山本实彦、评论家大宅壮一、作家火野苇平再次来中国东北。参观黑河、哈尔滨后,独自在沈阳、北京各逗留月余,经暗示,大战在即,遂于12月由大连回国。抵日后,不日即爆发太平洋战争。

本年发表的主要作品:

《假眼》(《文艺春秋》1月号)

《寒风》(《日本评论》1月号,《改造》3月号及1942年4月号)

《〈心与形〉序》(《文学界》1月号)

《朝云》(《新女苑》2月号)

《现代丛书》之十一:《小说的构成》(《三笠书房》7月出版)

《银河》(《文艺春秋》8月号,《雪国》续)

1942年　四十三岁

8月　季刊《八云》创刊,川端任编辑,岛崎藤村、志贺直哉、武田麟太郎等为同人。

10月　受文学报国会派遣,出访长野县一农家。

12月　读阵亡者遗书,发表感想于《东京新闻》,题为《英灵的遗书》。

本年发表的主要作品:

《名人》(《八云》第一辑)

《日本的母亲》(《读卖报知》10月)

1943年　四十四岁

3月　回故乡,将表兄黑田秀孝的三女麻纱子收为养女,以此为题材,写成《故园》。

本年发表的主要作品:

《父亲的名字》(《文艺》2、3月号)

《石榴》(《新潮》5月号)

《故园》(《文艺》5月号—1945年1月号,时断时续,共登十一回,未完)

《昭和文学作家论》下卷序(小学馆6月出版)

《夕阳》(《日本评论》8月—1944年3月)

《大地的孩子们》(《妇女公论》10月号)

1944年　四十五岁

4月　《故园》与《夕阳》获菊池宽奖。

7月　改造社解散,《改造》停刊。《中央公论》亦停刊。

大战时期,以阅读《源氏物语》等古典名著自娱。

本年发表的主要作品:

《珍珠船》(《读书人》3月)

《一草一花》(《文艺春秋》7月号)

《故里》《水》(《摄影周报》10月)

1945年 四十六岁

4月 被征入海军报道班,派往鹿儿岛县鹿屋海军航空队特攻基地,采访约一月,写成小说《生命的树》。

5月 与久米正雄、小林秀雄、中山义秀、高见顺等住在镰仓的作家,开设镰仓文库租书铺。

8月 日本投降,战争结束。

作家岛木健作病殁于镰仓养生院。川端在《悼念岛木健作》中写道:"我虽生犹死,除却颂赞可悲的日本的美之外,不会再写一行字了。"

9月 镰仓文库租书铺改为出版社,川端任董事。

本年发表的主要作品:

《告别前后》(《新文学》3月号)

《冬之曲》(《文艺》4月号)

《悼念岛木健作》(《新潮》11月号)

1946年　四十七岁

1月　镰仓文库创办杂志《人间》。《中央公论》《改造》复刊。

三岛由纪夫访川端,川端将三岛的小说《烟草》推荐给《人间》,发表于6月号。

3月　武田麟太郎去世,川端致悼词。

4月　与大佛次郎、岸田国士等人成立"红蜻蜓会",协助藤田圭雄编辑儿童刊物《红蜻蜓》,负责挑选小学生作文。

7月　日本文艺家协会重新成立。

本年发表的主要作品：

《女人的手》(《人间》1月号)

《感伤的塔》(《世界文化》2月号)

《重逢》(《世界》2月号、《文艺春秋》7月号)

《插话》(《新潮》2月号,后改名为《五角钱银币》)

《武田麟太郎悼词——献给亲爱的灵魂》(《东京新闻》4月)

《雪国抄》(《晚钟》5月号,《雪国》续)

《武田麟太郎和岛木健作》(《人间》5、7月号,《风雪》1949年3月号)

《生命之树》(《妇女文库》7月号)

《山茶花》(《新潮》12月号)

1947年 四十八岁

2月 日本笔会重新成立。

10月 《哀愁》一文由《社会》发表,表明战后初期的心境;"战争失败后,我只能回到日本自古以来的悲哀之中。"这一时期对古董发生兴趣。

《小说新潮》刊载《续雪国》;《雪国》自一九三五年执笔以来,长达十二年,终于完成。

12月 并称为"新感觉派"双璧之一的横光利一逝世。

本年发表的主要作品:

《现行汉字与现代假名用法》(《人间》2月号)

《高浜虚子的〈虹〉和〈爱居〉》(《人间》4月号)

《我所喜爱的文章》(《白鸟》11月号)

《梦》(《妇女文库》11、12月号)

1948年　四十九岁

1月　横光利一葬礼上宣读悼词。

3月　菊池宽逝世。

5月　继志贺直哉就任日本笔会第四任会长。

为新潮社出版《川端康成全集》十六卷本，提供日记、书简，撰写前言、后记、解说等，日后汇集整理为《独影自命》一书，收入新潮社第三次编辑出版的全集内。

11月12日　旁听东京审判。

12月　《雪国》由创元社出版。

本年发表的主要作品：

《未亡人》(《改造》1月号)

《再婚者的手记》(《新潮》1—8月号，1952年1月号，以后改名为《再婚者》)

《悼念横光利一》(《人间》2月号)

《红梅》(《小说新潮》4月号)

《少年》(《人间》5月号—1949年3月号)

《布袜》(《生活手记》第一期,9月)

《信》(《风雪别册》10月,后改名为《反桥》)

《生死之间的老人们》(《读卖新闻》11月,后改名为《东京审判的老人们》)

《浮舟》(《镜》12月号)

1949年 五十岁

改造社设横光利一奖,文艺春秋社恢复芥川奖,川端任这两项文学奖的评奖委员。

5月　开始陆续发表《千鹤》。

9月　《山之声》亦分别在各杂志上连载。

此外,还同时连载以少女为题材的小说,创作进入多产时期。

代表日本笔会向国际笔会第21届威尼斯大会致贺电。

11月　应广岛市邀请,同作家丰岛与志雄、评论家青野季吉前往广岛参观原子弹受害情况。

本年发表的主要作品：

《阵雨》(《文艺往来》1月号)

《判决记》(《社会》1月号，以后改为《东京审判判决之日》)

《给活着的人》(《新闻旬刊》1月)

《松鸦》《夏和冬》(《改造文艺》1月号)

《新文章讲座》(《文艺往来》2—10月号，共载六次，1950年11月出版，改名为《新文章读本》)

《住吉物语》(《个性》4月号，后改名为《住吉》)

《下雨的日子》(《素直》5月)

《千鹤》(自5月起，分别刊载于《时事读物副刊》等杂志，直至1951年10月载完)

《肩扛先生的灵柩》(《东光少年》6月号)

《山之声》(《改造文艺》9月号，后分载于各文艺刊物，直至1954年4月载完)

《拣骨记》(《文艺往来》10月号)

《关于横光君未发表的作品》(《改造文艺》10月号)

1950年　五十一岁

4月　同笔会会员一起前往长崎、广岛,参观原子弹受害地区。

镰仓文库倒闭。

本年发表的主要作品:

《抱琴》(《改造文艺》1月号)

《天赐之子》(《文学界》2、3月号)

《彩虹几度》(《妇女生活》3月号—1951年4月号)

《竹叶舟》(《改造文艺》4月号)

《卵》《瀑布》(《人间》5月号)

《地狱》(《文艺春秋副刊》5月)

《蛇》(《文艺》7月号)

《舞姬》(《每日新闻》12月—1951年3月)

《来自北海》(《文艺春秋副刊》12月)

《关于美》(《妇女文库》12月)

1951年　五十二岁

10月　和立野信之陪同片冈铁兵夫人前往冈山县,

参加片冈铁兵胸像落成典礼。

《舞姬》搬上银幕。

本年发表的主要作品：

《颈圈》(《新潮》1月号)

《路易》(《中央公论》1月号)

《关于〈浅草红团〉》(《文学界》5月号)

《琼音》(《文艺春秋副刊》5月)

《菖蒲之歌》(《大众读物》8月号)

《名人》(《新潮》8月号—1954年5月号)

《林芙美子的信》(《文学界》8月号,《悼念林芙美子》专辑)

《我的信条》(《世界》8月号)

《第三个人》(《中央公论文艺专号》9月)

1952年 五十三岁

2月 《千鹤》由筑摩书房出版,获一九五一年度艺术院奖。

10月 应大分县邀请,前往九州旅行,跋涉九重高原，翌年六月重游，为《千鹤》续篇《碧波千鸟》取材。

《浅草红团》《千鹤》搬上银幕。

本年发表的主要作品：

《岩上菊花》(《文艺》1月号)

《正月》(《文艺春秋副刊》1月)

《岁月》(《妇女公论》1月—1953年5月)

《冬日的半天》(《中央公论文艺专号》1月)

《月下之门》(《新潮》2—11月号，共载七回)

《白雪》(《文艺春秋副刊》2月)

《新文章论》(《文学界》4月号)

《某月初三》(《草月》6月)

《自然》(《文艺春秋》10月号)

《明月》(《文艺》11月号)

《富士初雪》(《大众读物》12月号)

1953年　五十四岁

5月　堀辰雄去世，川端任治丧委员会主席。

11月　与永井荷风、小川未明同时被选为艺术院会员。

夏,随角川书店一行前往九州讲演旅行。

《山之声》《浅草故事》搬上银幕。

本年发表的主要作品:

《爱说话的人》(《群像》1、3、5、8月号)

《百日堂先生》(《新女苑》1月号)

《河畔城镇》(《妇女画报》1—12月号)

《作家一席谈》(《文学》3月号)

《无言》(《中央公论》4月号)

《碧波千鸟》(《小说新潮》4月号—1954年7月号)

《堀辰雄葬礼悼词》(《文艺》8月号)

《吴清源谈棋》(《读卖新闻》8—12月)

《这里那里》(《大众读物》9月号)

《水月》(《文艺春秋》11月号)

1954年 五十五岁

4月 《山之声》由筑摩书房出版,12月获第七届野间文学奖。《伊豆的舞女》《山之声》《母亲的初恋》

先后拍成电影。

本年发表的主要作品：

《湖》(《新潮》1—12月号)

《小春日》(《文艺》1月号)

《古贺春江和我》(《艺术新潮》3月号)

《小巷》(《文艺春秋副刊》4月)

《悼念岸田先生》(《文艺》5月号)

《东京人》(5月—1955年10月，连载于《北海道新闻》等)

《离合》(《知性》8月号)

1955年　五十六岁

1月　舞剧《故乡之声》搬上舞台。长篇小说《河畔城镇》拍成电影。

《伊豆的舞女》由美国学者塞登斯蒂克译成英文，发表在《大西洋月刊》日本专号上。

本年发表的主要作品：

《一个人的生存》(《文艺》1月—1957年3月)

《少女Ａ子》(《文艺春秋副刊》2月)

《故乡》(《新潮》4月号)

《多年生》(《大众读物》4月号)

《坂口安吾悼词》(《文艺》4月号)

《编造梦境的小说》(《文艺春秋》5月号)

《〈悲哀的代价〉及其他》(《文艺》增刊《横光利一读本》5月)

《悼念丰岛与志雄》(《新潮》8月号)

1956年　五十七岁

1月　匈牙利事件发生,川端代表日本笔会致慰问电。

新潮社开始出版《川端康成选集》十卷本。

2月　《彩虹几度》拍成电影。

4月　大长篇《东京人》搬上银幕。

美国出版塞登斯蒂克译《雪国》。

德国出版八代佐知子译《千鹤》。

本年发表的主要作品：

《晚霞》(《中央公论》1月号)

《水滴》(《新潮》1月号)

《邻居》(《小说新潮》1月号,原名《这方那方》)

《掉包》(《大众读物》3月号)

《生为女人》(《朝日新闻》3—11月)

《狮子与少女》(《文艺春秋副刊》3月)

《某日》(《文学界》9月号)

1957年　五十八岁

3月　为出席国际笔会执行委员会访欧,松冈洋子同行。会见法国作家莫里亚克、英国诗人艾略特。会后前往英国、法国、联邦德国、意大利、丹麦等国,邀请各国作家参加国际笔会东京大会。五月回国。

4月　《雪国》搬上银幕。

9月2日　第29届国际笔会于东京开幕。8日在京都闭幕。川端为本届大会执行主席。

德、意等国先后翻译出版《雪国》。

本年发表的主要作品:

《东西文化的桥梁》(《读卖新闻》1月)

《有风的路》(《妇女画报》1月—1959年7月)

《罗马假日》(《朝日新闻》4月)

《巴黎的橱窗模特儿》(《朝日新闻》5月)

《欧洲》(《新潮》8月号)

《国际笔会东京大会开幕词》(《新潮》10月号)

1958年 五十九岁

2月 任国际笔会副会长。

3月 为表彰川端对举办国际笔会东京大会所做的努力及取得的成功,日本文学振兴会授予菊池宽奖。

6月 前往冲绳旅行。

11月 患胆囊炎,入东大医院,翌年四月出院。

芬兰翻译出版《雪国》。

《生为女人》拍成电影。

本年发表的主要作品:

《弓浦市》(《新潮》1月号)

《林荫树》(《文艺春秋》1月号)

《壮夫不为》(《新潮周刊》1月)

《线路》(《日本》3月号)

《两人》(《小说公园》临时增刊,4月号)

1959年　六十岁

5月　出席法兰克福第30届国际笔会。因《雪国》《千鹤》英译获得好评,以及东京大会所取得的成功,德国授予歌德奖章。

9月　《有风的路》搬上银幕。

11月　新潮社出版十二卷本《川端康成全集》。

美出版塞登斯蒂克译《千鹤》。

本年发表的主要作品:

《景仰大诗人》(《中央公论》7月号,悼念永井荷风专号)

《旧日记》(《新潮》9—12月号)

1960年　六十一岁

去冬今春屡访京都、奈良。

法国政府授予文化艺术骑士勋章,翻译出版《雪国》《千鹤》。

5月　应邀访美。

7月　出席里约热内卢·圣保罗第31届国际笔会。

《伊豆的舞女》第三次搬上银幕。

本年发表的主要作品：

《睡美人》(《新潮》1月号—1961年11月号)

《菊池先生和我》(《每日新闻》3月)

《美国之行》(《朝日新闻》7月)

《巴西之行》(《朝日新闻》8月)

《香艳的姑娘》(《中央公论》11月号)

1961年　六十二岁

11月　日本政府授予文化勋章。

为创作《美丽与悲哀》《古都》，多次去京都等地旅行。

荷兰翻译出版《千鹤》。

南斯拉夫翻译出版《雪国》《千鹤》。

本年发表的主要作品：

《美丽与悲哀》(《妇女公论》1月—1964年3月)

《岸惠子女士的婚礼》(《风景》1—5月,7—9月)

《关于青野先生》(《东京新闻》8月)

《有马稻子》(《朝日新闻》10月)

《古都》(《朝日新闻》10月—1962年1月)

1962年　六十三岁

1月　因长期服用安眠药成瘾,写作《古都》期间尤甚。小说结束后,一旦停服,发现药物反应,当即入东大医院,昏迷十余日。

4月　《古都》搬上舞台。

10月　参加呼吁世界和平七人委员会。

11月　《睡美人》获每日出版文化奖。

西班牙翻译出版《千鹤》。

本年发表的主要作品:

《写完〈古都〉之后》(《朝日新闻》1月)

《矜夸十说》(《每日新闻》8月)

《落花流水》(《风景》10月—1964年12月)

《秋雨》《信》《邻居》《树上》《骑马装》(《朝日新闻》广告版，11—12月)

1963年　六十四岁

4月　设立日本近代文学馆，任该馆监事及近代文学博物馆委员长。

《古都》拍成电影。

《雪国》由荷兰翻译出版。

本年发表的主要作品：

《在人间》(《文艺春秋》2月号)

《不死》《月下美人》《地》《白马》(《朝日新闻》广告版，7—8月)

《玉臂》(《新潮》8月号—1964年1月号)

1964年　六十五岁

尾崎士郎、佐藤春夫先后于二月、五月逝世，川端为二者致悼词。

6月　出席奥斯陆第32届国际笔会，绕道欧洲，于八月回国。

本年发表的主要作品：

《雪》(《日本经济新闻》1月)

《蒲公英》(《新潮》6月号—1968年10月号,未完)

《佐藤春夫悼词》(《文艺》7月号)

《巴黎的乡愁》(《朝日新闻》广告版,9月)

《难得的人》(《朝日新闻》广告版,11月)

1965年　六十六岁

4月　电视连续剧脚本《琼音》完成,由日本广播协会播放。

8月　谷崎润一郎、高见顺逝世,任治丧委员长,致悼词。

10月　辞去日本笔会会长一职,由芹泽光治良接任。

11月　赴伊豆汤岛温泉,参加"伊豆的舞女"文学碑落成典礼。

《美丽与悲哀》搬上银幕。

波兰翻译出版《雪国》。

意大利、芬兰、南斯拉夫翻译出版《千鹤》。

本年发表的主要作品：

《即将成立的近代文学馆和博物馆》(《每日新闻》4月)

《加贺茉莉子》(《日生剧场节目单》6月)

《琼音》(《小说新潮》9月号—1966年3月号，未完)

1966年 六十七岁

1—3月 患肝炎，入东大医院。

4月 日本笔会表彰其多年功绩，赠以高田博厚所做半身塑像。

丹麦、瑞典翻译出版《千鹤》。

《湖》拍成电影。

本年发表的主要作品：

《美智子妃殿下》(《东京新闻》1月)

《新年贺词》(《朝日新闻》1月)

1967年 六十八岁

2月 就中国"文化大革命"问题,同石川淳、安部公房、三岛由纪夫联合发表声明,呼吁"维护学术与艺术的独立自主"。

4月 日本近代文学馆开馆,任名誉顾问。

8月 任日本万国博览会政府出展恳谈委员会委员。

12月 赴北海道旅行。

养女麻纱子同山本香男里结婚,继承川端姓氏。

本年发表的主要作品:

《巨树》(《小说新潮》1月号)

《旅行通信抄》(《批评》4月)

《座谈会:我们为什么发表声明》(《中央公论》5月号)

《一草一花》(《风景》5月—1969年1月)

1968年 六十九岁

2月 在《关于非核武装问题致国会议员请愿书》上签名。

6月　参加日本文化会议。

6—7月　川端声援今东光竞选参议员,任竞选秘书长,并随同走上街头。

10月17日　瑞典科学院决定授予川端本年度诺贝尔文学奖。

12月10日　出席斯多哥尔摩诺贝尔文学奖授奖仪式。

12月12日　在瑞典科学院发表演说,题为《日本的美与我》。

12月　被选为茨木市荣誉市民。

德国出版川端选集,收有《伊豆的舞女》《雪国》《千鹤》。

《睡美人》拍成电影。

本年发表的主要作品:

《与〈文艺春秋〉有缘分的人》(《文艺春秋》6月号)

《竞选秘书长奋战记》(《文艺春秋》9月号)

《在秋天的原野上》(《新潮》12月号)

《在茨木市》(《新潮日本文学全集》卷15月报,12月)

《日本的美与我》(《朝日新闻》12月16日)

1969年　七十岁

1月　自欧洲获奖归来。接受国会两院的祝贺。

3月　赴檀香山,在夏威夷大学讲授日本文学。

4月　美国授予文艺科学院名誉会员。

4—6月每日新闻社在东京、大阪、福冈、名古屋举行川端康成展。因展览事宜,4月11日临时回国。

4月　越南禁止发行《千鹤》,经删节后出版。

5月　在夏威夷大学发表讲演:《美的存在与发现》。

夏威夷大学授予文学名誉博士称号。

6月　由夏威夷回国后,被推选为镰仓名誉市民。

7月　日驻英使馆举办"川端康成展"。

9月　作为文化使节前往旧金山,参加"日本周",发表讲演:《日本文学的美》。

10月　出席母校茨木中学"以文会友"文学碑落成典礼。

11月　伊藤整去世，任文学三团体联合治丧委员会主任。

新潮社开始出版十九卷本《川端康成全集》。

瑞典翻译出版《睡美人》，同时收有《玉臂》《禽兽》。

西班牙翻译出版《山之声》。

匈牙利公开发行《雪国》匈文版。

本年发表的主要作品：

《夕照的原野》(《新潮》1月号)

《夏威夷通信》(《朝日新闻》4月)

《美的存在与发现》(《每日新闻》5月)

《夜之虹》(《朝日新闻》6月)

《日本文学的美》(《每日新闻》9月号)

《明晰与沉着》(《文艺春秋》10月号)

《日本美的展开》(《世界文化史迹》卷八)

1970年　七十一岁

5月　川端康成文学研究会成立，久松潜一任会长。

6月　出席台北召开的亚洲作家会议，发表演说。

6月末　出席国际笔会第38届汉城大会，在开幕式上致贺词。

7月　汉阳大学赠以名誉文学博士称号。

9月　赴金泽参观石川近代文学馆举办的德田秋声展。

美出版塞登斯蒂克译《山之声》，获1971年全美图书大奖。

联邦德国将《伊豆的舞女》收进袖珍本文库。

本年发表的主要作品：

《伊藤整》（《新潮》1月号）

《老鹰飞翔的西天》（《新潮》3月号）

《长发》（《新潮》4月号）

《竹声桃花》（《中央公论》12月号）

1971年　七十二岁

1月　任三岛由纪夫治丧委员长。三岛由纪夫于上年11月在自卫队市谷驻地剖腹自杀。

3—4月　全力支持秦野章竞选东京都知事。

9月　世界和平七人委员会发出恢复日中邦交倡议书。

《冈本香乃子》(《朝日新闻》等4月17日)

《致三岛山纪夫的信》(《波》6月号)

《黄铜大黑像》《出产的神圣》《生活的内幕》《夏·逗子·镰仓·海》《友人之妻》(《新潮》10月号)

1973年3月

川端康成纪念会设川端康成文学奖。

1976年5月

镰仓长谷川端宅邸内,川端纪念馆落成,对外开放。

高慧勤根据长谷川泉、羽鸟彻哉、

川端香男里各家年谱编译